게스트하우스 Q

1.

　행복할 확률 70퍼센트에 불행할 확률 30퍼센트인 사람과, 불행할 확률 70퍼센트에 행복할 확률 30퍼센트인 사람이 있다 치자. 둘 중 어느 쪽이 행복할까? 행복할 확률이 높으면 정말 행복해질까. 불행할 확률이 높으면 불행해지고? 기라 고모에 의하면 확률은 아무것도 정하지 못한다고 한다. 다시 말해 확률은 어떤 일이든 기대를 품고 시작해도 좋다는 말이라고 한다.

　다섯 살 이후 나는 기라 고모 얼굴을 거의 보지 못했다. 그 대신 기라 고모에 대한 온갖 소문을 들으면서 자랐다. 소문 속의 고모는 탐험가였다. 기라 고모의 탐험담 중에서 내가 가장 좋아한 이야기는 고모가 모험 끝에 총과 금괴가 든 가방을 찾아내 호텔을 사들였다는 부분이었다. 기라 고모가 운영하는 호텔은 객실이 백 개가 넘고, 1층에는 공연장과 연회장, 대형 식당이 있으며, 로비에는 기라 고모의 초상화가 걸려 있을 것이라고 마음껏 상상했다.

하지만 기라 고모가 얼마 안 가 다른 사람에게 호텔을 넘기고 다시 탐험에 나섰다는 소문이 날아왔다. 이번엔 탐험이라기보다는 여행에 가깝다는 소식이었다. 누군가는 기라 고모를 룩셈부르크에서 봤다고 했고, 다른 누군가는 리우데자네이루에서, 또 아테네에서 봤다고 했다. 사마르칸트에서 기라 고모를 봤다는 소문 이후 한동안 기라 고모에 대한 이야기를 들을 수 없었다.

나는 열일곱 살이 되었다. 아버지가 돌아가시자 소문으로만 듣던 기라 고모가 장례식에 나타났다. 장례식이 끝나갈 즈음 기라 고모가 명함 한 장을 건넸다. 기라 고모가 준 명함에는 이렇게 적혀 있었다. 게스트하우스 Q.

2.

방학이 되자 나는 할머니와 게스트하우스 Q로 향했다. 가기 전에 나는 한 가지 사실을 확실하게 해 두었다.

"거기서 살 생각은 아니야. 이번 방학만 보내고 올 거야."

할머니와 엄마는 절충안을 내놓았다.

"방학 동안 Q에서 지내보고 결정하자."

결정을 미뤄도 된다는 말이 마음을 가볍게 해 주었다. 집에서 Q까지는 멀고 먼 거리라고 생각했는데 막상 와 보니 두 시간 거리였다.

"여기!"

에스컬레이터에서 내려오는 나와 할머니를 향해 기라 고모가 선글라스 쥔 손을 높이 들어 올렸다. 나도 고모를 향해 손을 들었다. 샛노란 시폰 블라우스를 입은 고모가 과장되게 손을 흔들더니 선글라스를 머리에 꽂았다. 그러고는 휴대폰을 꺼내 나를 찍었다. 잠시, 아주 잠시 동안 내가 막 여행에서 돌아온 사람처럼 느껴졌다.

고모는 개찰구를 빠져나온 나를 한 바퀴 빙 돌며 살펴보더니 으스대듯이 이렇게 말했다.

"너 다섯 살 때까지 우리 한집에 살았는데, 기억 안 나지? 정성이 너, 아기였을 때 식구들 중에서 나를 제일 좋아했던 건 기억나니? 그때 네가 나를 얼마나 따랐는지 알아? 내가 쓰던 담요가 꼭 있어야 잠들었다니까!"

어렴풋하게조차 기억나지 않는 어린 시절의 이야기지만 고모 말은 맞을 것이다. 조카의 어린 시절을 두고 거짓말할 이유는 없다.

"너보다 내가 너를 더 많이 알고 있을걸!"

기라 고모는 하하 웃었지만 할머니는 웃지 않았다. 할머니가 웃지 않은 걸 봐서 기라 고모의 이번 말은 억지에 가까울 것이다.

우리는 고모를 따라 주차장으로 갔다. 여름 한낮의 더위가 마음 껏 이글거리는 주차장 한가운데 풍뎅이를 닮은 노란색 자동차가 세워져 있었다. 고모는 바로 그 차 옆으로 다가갔다.

"나이가 몇인데 이런 차를 끌고 다녀!"

할머니가 참았다 터뜨리는 투로 말했다. 하지만 나는 고모 차가 마음에 들었다. 세 사람이 한꺼번에 타기에는 아찔하다는 느낌이 들 정도로 작고 웃긴 풍뎅이 차였지만, 그 덕분에 고모에 대해 한 가지를 알 수 있었다. 고모가 무슨 색을 좋아하는지 소문은 듣지 못했지만, 블라우스와 자동차를 보니 노란색을 좋아하는 게 틀림 없었다.

고모의 노란색 풍뎅이가 신도시 상가 지역과 아파트 단지를 빙 돌아 단독 주택 단지 안으로 들어섰다. 붉은 벽돌로 지은 기역 자 모양 집 앞에 차가 섰다.

아치형 철제 대문에 '게스트하우스 Q'라고 적힌 나무판이 매달 려 있었다. 대문 안으로는 자갈이 깔린 마당이 펼쳐져 있고 파라솔 두 개가 있었다. 파라솔은 팽팽하고 깨끗해 보였지만 그 아래 앉아 있는 사람은 없었다.

현관문을 열고 들어서면서 기라 고모가 설명을 늘어놓았다. 게 스트하우스 Q에는 단체실은 없고 1인실과 2인실뿐이다. 2층은 모두 객실이고, 1층은 객실과 내실로 분리되어 있는데, 고모가 쓰는 내실에는 침실과 거실, 욕실이 따로 있다. 하지만 세 사람이 지내기에 내실은 아무래도 비좁다.

내 생각에도 그래 보였다. 할머니도 나도, 다른 사람과 한방을 쓰는 건 무리였다. 게다가 할머니는 혼자서 집 전체를 다 쓰다시피 생활해 왔다. 집과 과수원을 활보하면서 살아온 할머니에게 좁은 내실에서 셋이 지내기란 여간 답답한 일이 아닐 것이다.

"방이 여기뿐이냐?"

할머니의 항의에 고모가 제안했다. 할머니와 고모는 내실을 쓰고 나는 원한다면 객실을 써도 좋다고 했다. 객실은 1인실과 2인실이 있는데 어느 쪽이든 괜찮다고 했다. 나는 1인실이 좋을지, 2인실이 좋을지 잠시 고민했다. 그런데 고모는 내가 불만스러워한다고 여긴 모양이었다.

"다락에 올라가 볼래? 마음에 들면 다락을 써도 되고. 그런데 거긴 선풍기뿐이야."

다락이라는 말에 이끌렸지만 마음을 숨겼다. 다락이 아무리 좋아도 이곳에 마음을 붙이지는 않을 거였다.

막상 올라가서 보니 다락은 낮고 좁은 다락방이 아니었다. 기역 자로 꺾인 두 칸의 직사각형 공간이었다. 계단을 중심으로 꺾여 둘로 나뉘는데, 한쪽은 창고로 쓰는 것 같았다. 짧은 벽면은 전체가 붙박이장이고, 긴 벽면으로는 낮은 수납장이 이어져 있었다. 다른 쪽 바닥에 매트가 놓여 있는 걸 보니 그쪽이 자는 곳인 모양이었다. 천장이 뾰족해서 경사진 곳으로 다가가려면 허리를 숙여야 했지만, 텅 비고 훤하게 트인 다락에 나는 마음을 빼앗겼다.

고모는 다락을 창고로 쓰는 것 같았지만 그런 건 상관없었다. 나를 가장 흥분시킨 점은 2층에서 다락으로 오르는 계단실 입구 문을 닫으면 벽이나 마찬가지고, 다락으로 올라오면 계단 위를 덮을 수 있는 나무 뚜껑이 있다는 점이었다. 나무 뚜껑을 덮으면 다락은 완벽하게 격리된 공간이었다. 격리된 공간에서 나는 혼자일 수 있었다.

"괜찮겠니?" 고모가 물었다.

"괜찮아요!" 내가 답했다.

"얼마 전까진 내가 여기 썼어. 1층 내실은 원래 단체실이었고. 그런데 단체 투숙객 들이는 게 여간 성가셔야지. 사실 단체 손님도 별로 없고, 문제만 생기고 해서 바꿨지. 다락에서 지내는 재미도 있을 거야. 벽장 안에는 들어가지 말고. 귀신 나오니까!"

"귀신이 있어요?"

"있지."

고모가 돌연 진지해진 얼굴로 나를 돌아보았다. 고모가 놀린다는 것을 알았지만 모른 체했다. 고모 장난에 반응하다가 다락이 마음에 든다는 말이 툭 튀어나올 것 같았다. 그 대신 덤덤하게 한마디를 붙였다.

졌다. 고모는 그 장기 투숙자가 아니었으면 도미밥을 조식으로 올릴 생각은 쉽게 하지 못했을 거라고 말했다.

고모는 또 장기 투숙자의 캐리어에 관해서도 들려주었는데, 전에도 이런 일이 있었다고 한다.

그때 장기 투숙자는 평범한 캐리어가 아니라 이민 가방 같은 커다란 가방을 두고 갔다. 접이식으로 된 것인데 한껏 빼 올리면 사람이 들어갈 수도 있을 만큼 긴 가방이었다. 그때 고모는 나처럼 가방 속에 무엇이 들었는지 의심했다. 그것은 호기심 이상의 것이었다. 자신도 모르게 뒷덜미를 치는 어떤 위험이 도사리고 있지는 않을까 생각했다는 것이다. 고모는 혼자서 게스트하우스를 운영하는 여성이었다. 또한 단지 여성이어서가 아니라, 게스트하우스를 운영하는 사람으로서 자신에게 닥칠 위험을 늘 경계하고 있었다. 하지만 투숙객이 두고 간 가방을 함부로 열어 볼 수는 없었다. 그런데 며칠이 지나도 장기 투숙자는 짐을 찾으러 오지 않았고 연락도 닿지 않았다.

"그래서요?"

"열어 보기로 했지. 잠가 두지도 않았더라고."

"열어 봤어요?"

"응. 사소한 물건들만 잔뜩 들어 있었어. 포장을 뜯지도 않은 옷들, 신발들, 노트북 몇 대, 그리고 소설책이 몇 권 들어 있더라고."

고모가 아는 바에 따르면 그는 그저 '자잘한 장사꾼'이거나 '소규모 중간 상인' 정도라고 했다. 한국에 올 때는 이곳에 필요한 자질구레한 물건들을 주로 들여오고, 다시 돌아갈 때는 그곳 사람들이 필요로 하는 생활필수품을 구해 나가는 보따리 업자일 뿐이라고 했다. 최악의 경우라 해 봐야 세관에서 물건을 빼앗기는 정도가 다인 사람이라고 했다.

"어쩌면 여러 가방 중에 하나는 버릴 생각으로 두고 간 건데, 내가 보관해 줬을 수도 있어. 기대하지 않은 일을 해 줘선지 올 때는 꼭 선물을 주더라니까?"

"무슨 선물요?"

"그 지역에서 좋다는 술이나 농산물들. 참깨를 몇 봉지나 준 적도 있고. 만주식 빵이라나? 뭐 그런 거. 견과류나 포도, 무화과 말린 것도 준 적 있고."

"그럼 가방을 잠시 맡겨 둔 거구먼."

할머니가 말하자 고모는 고개를 끄덕였다.

"말린 과일들이 여간 좋지 않더라고요. 키르기스스탄이나 우즈베크에서 그런 게 많이 난대요."

"멀리까지도 다니는구먼."

"오갈 때는 비행기보다 배나 기차를 주로 이용한대요. 그편이 비용이 훨씬 싸게 먹힌다고 하는 사람이라니까."

고모 말은 범죄를 저지르는 자가 이동 비용 따위를 걱정하겠느냐는 뜻으로, 경비를 따지는 걸 보면 범죄와는 거리가 먼 사람이라

할아버지가 젊었을 때 사진이었고, 어떤 사진은 중년일 때, 또 어떤 사진은 그보다 더 나이 든 후 찍은 사진이었다. 나는 할머니가 할아버지를 사랑했는지는 알지 못한다. 하지만 할머니가 할아버지의 삶을 존중했다는 것은 안다. 할아버지가 꿈꾸었던 노년의 삶을 이루지 못하고 떠난 사실을 안타까워했다는 것도 안다.

할머니는 이런 말을 한 적이 있다.

"네 할아버지가 이 꼴을 안 보고 가서 얼마나 다행이냐."

아버지가 파산해서 집과 과수원을 모두 내주고 난 후였다.

나는 할머니의 인생에 대해 잘 모른다. 할머니가 어떤 것을 마음에 두고 살았는지 모른다. 하지만 사람의 마음이 삶으로 드러난다는 것은 안다. 할머니의 과수원에 열린 복숭아와 자두, 그것들을 포장해서 주문자에게 보내던 손길, 집 마당의 모습들, 텃밭들, 반들거리는 까만 마루, 쓸데없이 아름답게 어우러졌던 온갖 꽃들이 할머니의 마음이었을 것이다. 할머니는 마음에 맞는 삶을 꿈꾸고 결국 이루었지만, 지금은 모두 사라지고 말았다.

1945년생 이우경 씨는 말년에 둘째 딸의 게스트하우스 신세를 지게 되었다.

2인실을 쓰던 두 명의 여성 투숙객이 숙박을 연장했다. 게스트하우스 Q가 마음에 든다고 했다. 그들이 이 지역에 가 볼 만한 데가 있냐고 물어서 고모가 인근 바닷가와 선착장, 흩어져 있는 섬들, 그리고 파라다이스 수영장을 소개해 주었다.

보트만 한 캐리어를 각각 끌고 두 명의 여성이 새로 왔다. 그들은 게스트하우스 Q의 조식이 도미밥이라는 것을 알고 있었다. 전에 친구가 Q에서 머문 적이 있다고 했다. 둘은 2층의 1인실에 나란히 들어갔다.

나는 빈 객실에 신경이 쓰이기 시작했다. 객실이 비어 있으면 그만큼 수입이 없다는 뜻이었다.

10.
저녁에 할머니와 동네를 둘러보러 나섰다. 단독 주택 단지에 아직 집이 들어서지 않은 빈터가 많았다. 몇몇 곳에는 더러 농작물이 심어져 있었다.
신도시를 둘러싸고 있는 둘레 숲 입구에 유독 큰 집이 있었다.

주택이라기보다는 건물에 가까운 규모였는데 그곳도 게스트하우스였다. 12인승 차량 한 대가 살구색 벽돌 건물 앞에 세워져 있고 사람들이 내리고 있었다. 저마다 대형 캐리어를 짐칸에서 내린 뒤 서둘러 건물 안으로 들어갔다. 중국 말이 쏟아졌다. 중국에서 온 소규모 단체 여행자들인 모양이었다.

흰 외벽에 등나무 덩굴이 무성한 테라스가 딸린 집도 있었다. 할머니는 그 집이 넓은 택지가 아까울 만큼 소박하게 지어졌다고 했다. 그 집은 동네의 다른 주택들과 달리 화려한 외벽 장식이 전혀 없었다.

나는 보라색 꽃줄기가 열매처럼 매달린 그 집 1층 테라스를 구경하면서 천천히 걸었다. 그때 벽을 통과해 나오기라도 한 듯 누군가 불쑥 튀어나왔다. 우리와 눈이 마주치자 그는 '하이.' 하고 한 손을 들어 올리고는 우리 앞쪽으로 천천히 달려 나갔다. 금발로 염색한 남자는 달리기 선수 같은 차림새였다. 더위가 한풀 꺾인 저녁에 훈련을 하러 나온 모양이었다.

나는 그 사람이 모서리를 돌아 사라질 때까지 보고 있다가 그가 튀어나온 곳으로 다가갔다. 이팝나무 울타리 사이에 사잇문이 나 있었다. 흰 페인트를 칠한 나무 사잇문에는 '이스탄불 게스트하우스'라고 아주 작게 쓰여 있었다. 그러니까 이 좁은 문에서 나온 금발 머리 남자는 이 게스트하우스에 머무는 사람인 모양이었다.

할머니와 나는 동네를 한 바퀴 돌아 Q로 가는 길로 들어섰다.

어느새 날이 어두워지고 있었다.

Q 앞에 거의 도착했을 때 저 앞에서 좀 전의 그 금발이 뛰어오는 것이 보였다. 그런데 좀 전과는 달랐다. 금발은 울면서 뛰고 있었다. 그는 커다란 소리로 거의 고함을 지르듯이 울면서 달려오고 있었다.

"저 사람 지금 우는 거예요?"

내가 말했다. 할머니가 쯔쯔 혀를 차더니 중얼거렸다.

"요전 밤에도 울면서 뛰더니만."

"언제 봤어요?"

"느이 고모가 그러데. 울면서 뛰어다니는 사람이 있다고."

"고모도 안대요?"

"종종 저러고 달린다고 하더라. 울 일이 있으면 울어야지 어쩌겠어."

할머니한테는 말하지 않았지만 나는 금발이 우는 게 아니라 구령을 맞추는 것일지도 모른다고 생각했다. 자기 나름의 리듬을 자기 나름의 소리로 맞추면서 뛰고 있다고 생각했다. 멀리서 그가 뛰는 모습을 보면 운다고 오해하기 좋아 보였다. 그래서 울면서 달리는 자로 소문나 있는지도 몰랐다.

그가 점차 가까이 다가와 마침내 우리 곁을 스쳐 지나가자 나는 그가 우는 게 아니라고 확신했다.

'하이.'

고모가 호텔을 경영한 것이 아니라 호텔에 근무했다는 말에 약간 충격을 받았다.

"호텔을 경영한 게 아니었어요?"

"경영한 적 없는데?"

고모는 내가 잘못 알고 있는 것에 별다른 관심을 두지 않았지만 나는 아니었다. 내가 구축해 둔 고모의 모험담에서 중요한 부분이 깨졌다는 사실에 서운함을 감출 수 없었다.

"실망했니? 호텔 사장이 아니라서."

"그게 아니라, 왜 고모가 호텔 경영자였다고 생각한 건지 모르겠어서요."

"나를 너무 대단한 사람으로 만들어 뒀을까 봐 겁나네."

고모는 웃었지만 나는 맘 놓고 웃을 수 없었다.

이야기는 고모가 근무하던 호텔을 그만둬야 할 상황에 처하는 부분부터 시작되었다. 갑자기 호텔 소유주가 바뀌게 되었다고 한다. 소유주가 바뀌자 많은 직원들 역시 교체될 수밖에 없었다. 고모는 적당한 퇴직금과 함께 그만두기를 강요받았다.

퇴직한 후 고모는 같은 호텔 동료였던 친구와 여행 인솔자 일을 하기로 했다. 호텔리어로 익힌 세련된 예절과 소통 가능한 영어 회화 실력 덕분에 여행 인솔자 일에 쉽게 익숙해졌다. 안전한 여행이 보장되는 거의 모든 나라를 돌아다니는 일이 꽤 마음에 들었다고 했다. 하지만 그 일에는 보이지 않는 나이 제한이 있었다. 그래서 오래 하지는 못했다고 한다. 만약 여행 인솔자 일에 나이 제한이 없었다면 고모는 지금도 여전히 그 일을 하고 있었을 거라고 했다. 그 말을 할 때 고모 얼굴에는 내가 어릴 때 본 것만 같은 표정이 잠시 떠올랐다 사라졌다.

하지만 고모는 마음을 다잡는 듯 급하게 다음 말을 이어 나갔다. 고모는 인솔자 일을 하는 몇 년 동안 지구상에 있는 수많은 공항을 들락거렸다고 말했다.

"지금에 와서 기억에 남는 건 공항이더라고."

"하필 공항요?"

"그러게, 이상하지? 유명하다는 관광지를 많이 다녔는데, 그것보다 공항에 대한 기억들이 가장 선명하게 남아 있다는 게."

고모는 여행 계획을 세울 때면 우선 공항에서부터 시작한다고 했다. 여행뿐 아니라, 어떤 나라나 도시의 지도를 떠올릴 때도 먼저 공항을 찾고, 거기서부터 사방으로 길이 펼쳐진다는 것이다. 다시 말해 고모한테는 온 세상이 공항의 연결이었다.

"공항에선 항상 정신을 바짝 차리게 돼. 꼭 누굴 찾는 사람처럼."

"누구를요?"

내가 묻자 고모는 어깨를 들썩하면서 뭔가 부끄러워하는 것 같았다.

나는 고모가 뭔가 부끄러워하는 듯한 표정이나 몸짓을 보일 때면 긴장했다. 고모는 그저 습관에 따라 그런 행동을 하는 것인지도 모르지만, 고모에 관한 소문을 알고 있는 나는 심상하게 여길 수 없었다. 고모가 교도소에 다녀온 일은 내가 상상해 낸 소문이 아니라, 실제로 일어난 일이었다. 고모가 어떤 모험의 결과로 교도소에 다녀왔는지는 모른다. 하지만 고모가 그 일을 부끄러워하는 것만은 틀림없었다.

고모가 무거운 표정으로 나를 잠시 건너다보았다. 내가 긴장한 것을 고모가 알아차렸다고 생각했다. 고모는 혼자 씩 웃더니 두 손으로 무릎을 탁 치면서 일어섰다.

"도미나 가지러 갔다 오지?"

미리 주문해 둔 도미를 받아 오는 일도 아르바이트의 일부였다. Q에서 마트까지는 걸어서 십 분 거리라고 했는데, 막상 걸어 보니 이십 분은 걸렸다. 버스를 탈 수도 있었지만 나는 걷기로 했다. 한여름의 더위 속을 모험하듯 걸어서 마트에 도착했다.

한여름 오후의 대형 마트는 사람들로 북적였다. 무더운 기온과 미세 먼지로 걸쭉한 바깥과 달리 시원한 바람과 청량한 공기 속에서 사람들은 카트를 끌고 산책하듯 천천히 걸어 다녔다. 냉기가 뿜어져 나오는 신선식품 코너 옆에 달걀 냉장고가 있고 그 옆에 생선 코너가 있었다.

생선 코너 앞에서 고모가 시킨 대로 말했다.

"Q에서 왔어요."

파란색 방수 앞치마에 고무장갑을 낀 아줌마와 아저씨가 나를 동시에 쳐다보았다. 왜요? 나는 시선을 되돌려주었다. 그러자 그들은 서로 눈을 맞추고 고개를 끄덕이더니 물었다.

"기라 씨하고 어떤 사이래요?"

"조칸데요."

"조카 있다는 소리는 못 들었는데?"

그들은 다시 서로를 마주 보고 과장되게 고개를 갸웃하면서 물었다.

"도미 찾으러 왔어요." 내가 단호하게 말했다.

"도미요?"

이번엔 아저씨가 물었다.

"맞아요." 내가 다시 답했다.

"조카 맞네!"

두 사람은 서로를 쿡쿡 찌르면서 웃음을 참는 시늉을 했다. 그제야 나는 두 사람이 나를 놀리고 있다는 것을 알았지만 모르는 체서 있었다.

"오늘 도미가 물이 좋아서 바다에 다시 놔 주고 싶다더라고 기라 씨한테 전해 주면 고맙겠어요. 그런데 이 물고기는 먹어 버리기엔 너무 근사하지? 그렇죠? 조카 씨 이름이?"

하고 아저씨가 물었다.

"오정성인데요."

범죄에 잘 빠지지 않는다고 했다.

거기에 더해 고모는, 우리가 장기 투숙자를 범죄자 취급하는 게 도리어 부당하다고 강조했다. 그 말은 나를 각성시켰다. 잘 알지도 못하면서 어떤 취급부터 하려는 습관이 나한테도 있다는 사실을 알게 되었다. 정황이 어떻든, 고모 말마따나 장기 투숙자가 어떤 범죄를 저질렀다는 증거는 사실 없었다.

하지만 마음을 놓을 일은 아니었다. 우리가 장기 투숙자를 의심하지 않는다 해도 그가 두고 간 캐리어를 궁금해하는 사람이 나타나지 않았나? 만일 금괴와 총이 개인적인 차원의 '비상용 물품'에 불과하다면 어째서 캐리어의 행방을 묻고 다니는 낯선 자가 나타났느냐는 말이다.

"그자와 이 일은 상관이 없을지도 몰라요."

고모의 새로운 논리였다.

"상관이 없다니?" 할머니가 되물었다.

"전에도 공연히 사람을 오해한 일이 있었어요."

고모가 말한 전에 있었던 일은 이랬다.

고모가 처음 게스트하우스를 시작했을 무렵이라고 한다. 국제 도시이고 공항 인근에 있는 민박이라서 온갖 나라 사람들, 중국인, 몽골인, 우즈베크인, 심지어 파키스탄, 이란, 유럽 사람들까지 들락거릴 거라고 생각했지만 막상 시작하고 보니 달랐다. 인근 업무 단지의 회사원이 간혹 왔고, 주로 혼자나 두셋이 여행하는 여성, 혹은 혼자 다니는 남성이 찾아왔다.

그때도 지금처럼 더운 여름이었다. 하루는 여섯 살 정도 된 여자아이, 열 살 정도 된 남자아이와 함께 삼십 대 여성이 Q에 찾아왔다. 처음에 그들은 1박만 할 예정이었는데, 다음 날, 그다음 날도 Q에 머물렀다. 첫날은 인근 바닷가나 선착장, 다음 날은 주변에 흩어진 섬들에 다녀오는 모양이었다. 그렇게 나흘을 Q에서 연이어 묵은 다음 날이었다. 그날은 셋이 종일 객실에서 나오지 않았다.

당시 직원이었던 아주머니가 가장 먼저 그들을 의심했다. 아무래도 이상하다는 것이었다. 혼자서 애를 둘이나 데리고 다니는 여자가 어떤 사정이 있을지 온갖 추측이 쏟아져 나왔다.

그중에서 가장 불안한 추측은 '자살'이었다. 어쩌면 견딜 수 없는 사정에 처한 여성이 아이들을 데리고 자살 여행을 하고 있을지 모른다는 추측은 어느새 확신으로 변했다. 고모와 함께 일하던 직원 둘은 이 일을 어떻게 할지 옥신각신했다. 결국 아이 딸린 투숙객을 쫓아내거나 자살을 막는 방법뿐이라는 결론에 도달했다. 자살을 막는 일은 게스트하우스의 소관이 아니니 쫓아내는 편이 낫다는 쪽으로 의견이 흘렀다. 객실에서 투숙객이 자살하면 게스트하우스는 피해를 입기 마련이다. 한동안 소문이 돌아다닐 것이고, 흉한 소문이 도는 게하에 투숙할 사람은 없을 것이다.

하지만 무슨 핑계를 대어 저들을 Q에서 나가게 하나.

객실 안에서는 아이들 소리가 간간이 나고 있었다. 아이들 목소리는 명랑하기까지 했다. 아이들은 엄마의 계획을 알 리 없으니 명랑할 수밖에 없을 것이었다. 하지만 달리 생각해 보면 아이들도 엄마의 심정을 모를 리 없었다. 정말로 자살 여행을 다니는 중이라면, 그런 계획을 세우게 된 절박한 사정이 있을 터였다. 절박한 사정이 생기고 그 후에 집을 떠났다면, 아이들이 아무 눈치도 없이 명랑하기는 어렵지 않은가.

고모는 좀 더 두고 보자고 했다. 하지만 고모보다 사람을 많이 겪어 본 직원 아주머니는 미연에 방지하는 것이 최고라고 강조했다. 그래서 생각해 낸 궁여지책이란 이랬다. 저쪽에서 자꾸만 하루씩 숙박을 연장하는 것을 핑계 삼기로 했다. 단체 여행객이 모든 방을 예약했으니 앞으로 며칠간은 숙박할 수 없다고 통보하자는 계획이었다. 결국 고모가 객실 문을 두드렸다.

남자아이가 먼저 얼굴을 드러내고 그 옆으로 여자아이가, 그리고 아이들의 엄마가 뒤에 모습을 드러냈다.

"오늘은 외출 안 하시나 보네요!"

일단 인사치레부터 건네고 다음 말을 할 작정이었다. 그런데 저쪽에서 이렇게 답했다.

"너무 더워서 낮에는 좀 쉬려고요."

아이들의 말이 뒤따라 나왔다.

"여기 시원해요."

"방에서 피자 시켜 먹어도 돼요?"

이어진 대화를 통해 알게 된 사정은 이랬다. 그들 셋은 방학을 맞아 전국 일주 중이었고, 그동안 쌓인 피로도 있고 너무 뜨거운 날씨도 문제고 해서 며칠 객실에서 쉬어 갈 계획이었다. 함부로 추측한 것이 실은 오해였던 것이다.

고모는 꼭 그 일 때문만은 아니지만 함부로 예측하고 싶지 않다고 했다. 특히나 게하 같은 곳엔 온갖 사람들이 드나드는데, 내 상식과 다르다고 함부로 상상하다가 큰 실수를 저지를 수도 있었다.

"그래도 이번은 경우가 다르잖아요."

"경우가 어떻게 다르지?"

"위험한 물건을 가지고 있잖아요!"

"그게 어째서 위험한 물건이라고 여기는데?"

고모의 질문에 나는 답할 수 없었다.

사실 총과 금괴가 어째서 위험한 물건인가? 고모 말에 의하면 작은 금괴 하나가 보통 자동차 한 대 정도 값이라고 하는데, 집집마다 자동차 한 대씩은 있지 않나. 그자는 자동차를 세 대 가지고 있는 셈이라고 보면 된다. 총은 또 어떤가? 총이 무기라서 문제라면, 집집마다 칼이니 가위니 하는 무기는 얼마든지 보유하고 있다. 총은 다만 살상 무기의 용도로만 쓰기 때문에 위험한가? 사용하지 않는 총은 부엌칼보다 안전할 수도 있다.

1.

고모의 말은 어떤 생각을 하게 만들었다. 우리 아버지도 위험을 제때 감지하지 못하는 바람에 파산 지경에 이른 게 아닐까 하는, 그 지경에 제대로 대처하지 못했기 때문에, 다시 말해 혼자 어떻게 해 보려다가 결국 그런 결말을 맞은 것이라는 생각이 들었다. 그리고 이제 고모에게도 보이지 않는 위험이 닥쳤다고 생각했다. 장기 투숙자와 낯선 자 때문에 고모와 게스트하우스가 위험에 빠질 수도 있었다.

나는 조급해졌다. 나는 낯선 자의 방을 살펴보기로 했다. 아니, 살펴보아야만 했다. 나는 낯선 자와 장기 투숙자가 서로 관련이 있다고 거의 확신했다. 여러 정황에서 촉발된 의심이 나를 밀어붙였다.

어쩌면 고모와 할머니는 수많은 위험을 경험한 나머지 위험에 무감각해졌을지도 모른다. 하지만 나에게는 주인 없는 금괴와 총, 그리고 낯선 자가 Q에 있다는 사실이 지금껏 처한 어떤 상황보다도 위험했다.

낯선 자가 사용하는 객실을 살펴보려면 그가 외출을 해야 했다. 그런데 그자는 이틀 동안 객실 안에서 꼼짝하지 않았다. 그가 방에서 나온 것은 조식 때가 전부였다. 거기에 더해 그는 투숙 기간을 하루씩 연장하고 있었다.

그래서 나는 먼저 그자가 처음에 들었던 방, 에어컨이 고장 났다고 우긴 그 방부터 살펴보기로 했다. 그 방은 낯선 자가 나온 뒤로 아직 아무도 들지 않았으므로, 만일 무언가 흔적이 남아 있다면 그것은 낯선 자의 흔적일 것이다.

미농 씨와 함께 들어선 빈 객실은 너무도 깨끗했다. 사람이 지냈던 흔적은 찾아볼 수 없었다. 하지만,

"여기."

미농 씨가 가리킨 에어컨 몸체는 어딘가 아귀가 딱 맞지 않았고, 침대 매트는 침대 몸체와 미세하게 어긋나 있었으며, 욕실 환풍구 역시 이음새가 벌어져 있었다.

"이상하지?"

"그러네요."

"분명히 뜯어본 거라니까."

"뭘 찾느라고 이랬을까요?"

미농 씨는 장기 투숙자가 캐리어를 두고 간 것은 알지만 그 캐리어 안에 금괴와 총이 들어 있는 것은 몰랐으므로 나는 말이 새어 나오지 않도록 조심해야 했다. 미농 씨가 말했다.

"그 캐리어를 찾는 게 아닐 수도 있어. 캐리어를 숨기기엔 너무 좁은 공간이잖아. 캐리어가 아니라 숨겨 둔 뭔가를 찾으려 한 걸 수도 있고. 어쩌면…… 장기 투숙자가 아니라 그자가 뭘 숨겨 뒀는지도 모르지."

"숨기다뇨?"

"숨겨 둬야 할 물건 같은 거. 안전한 곳에."

"이 방이 안전한 곳이라는 거예요?"

"생각에 따라서는……."

미농 씨는 잠시 망설이는 듯하더니 말을 이었다.

"중요한 물건을 남의 집에 숨기는 게 더 안전한 경우도 있지. 지하철 사물함보다 남의 품속이 더 안전할 수 있고. 뻐꾸기처럼."

뻐꾸기는 알을 낳는 시기에 둥지 근처에서 포식자를 발견하면 다른 새의 둥지에 알을 낳아 보관한다고 미농 씨가 설명했다. 위험에 처했을 때 선택하는 일종의 차선책이라는 거였다. 하지만 그 차선책은 다른 결과를 초래할 수도 있었다. 다른 새의 둥지에 보관한

알은 크기가 작고 부화에 성공할 가능성이 낮았다. 또 알에서 깨어
난다 하더라도 둥지를 떠난 후 살아날 확률 역시 낮았다. 그렇기는
해도 뻐꾸기들은 알을 포기하기보다는 그편이 낫다고 판단한 것
이다.

"차선책으로 남을 이용한다는 거네요. 만일 여기에 뭔가를 숨겨
뒀다면 우리가 위험해질 수도 있는 거잖아요."

"그렇지."

"왜 이런 짓을 하죠?"

"이런 일은 사실 흔해. 자기가 낳은 아이를 다른 사람한테 맡기
는 것도 그곳이 더 안전하다고 생각하기 때문이니까."

미농 씨가 어쩐지 이 상황에 어울리지 않는 말을 너무나도 태연
하게 꺼냈다. 하지만 나는 미농 씨 말에 관심을 갖지 않았다. 당장
나의 관심은 낯선 자가 뒤진 흔적이 있는 객실이었다.

우리가 나사 몇 개를 빼서 열어 본 환풍기나 에어컨 안에는 아
무것도 없었다. 침대 매트도 마찬가지였다. 매트 안에 뭔가를 숨겼
을 만한 틈새나 찢은 흔적 같은 건 없었다.

그렇다면 그자가 묵는 객실을 살펴봐야 했지만, 사람이 묵고 있
는 방에 함부로 드나들 수는 없었다. 그 일이야말로 고모의 허락이
있어야 했다. 어쩌면 고모가 아니라 경찰의 허락이 필요한 일인지
도 몰랐다. 낯선 자가 실제로 위험한 사람이라 해도 더 나아가서는
안 됐다.

"총소리 직접 들어 본 적 있어?"

미농 씨가 불쑥 물었다. 나는 고개를 저었다.

"나는 아주 가까이서 들어 본 적 있어."

내가 여기 오기 전에 있었던 일이라면서 미농 씨가 말해 주었다. 미농 씨에 따르면 바로 곁에서 듣는 총소리는 막연하게 생각하는 그런 '탕' 소리가 아니었다. 직접 듣는 총성에는 예상을 뛰어넘는 위험이 있다는 거였다. 사람을 꼼짝달싹하지 못하도록 제압하는, 육체뿐 아니라 정신까지 위축시키는 어떤 힘이 있다고 했다.

"누가 쏜 총소리였는데요?"

"마라토너."

"마라토너요?"

미농 씨가 지난가을 이스탄불 게하에서 한 달 정도 일하던 때였다. 그때도 마라토너는 때때로 고함을 지르면서 동네를 달렸다고 한다. 총소리가 난 그날 역시 마라토너가 저녁 달리기를 마치고 이스탄불 게하에 들어왔을 때였다. 게하에는 며칠째 묵고 있던 젊은 남성 두 명이 있었는데, 마라토너가 들어오자 그들은 기다렸다는 듯 자기들끼리 웃었다. 이들은 며칠 동안 있으면서 공연히 마라토너를 놀리곤 했는데, 마라토너가 이상한 행동을 한다면서 조롱하기까지 했다. 마라토너의 이상 행동이란 고함치듯이 울면서 달리는 그 일을 말하는 것이었다.

그날 저녁에도 그 둘이 달리기를 마치고 들어온 마라토너를 조롱하다가 순식간에 싸움이 일어났다. 미농 씨가 본 건 그 순간부터였다. 마라토너의 아버지인 이스탄불 게하의 주인과 다른 투숙객이 보는 앞에서 마라토너는 내실로 들어가더니 사냥용 라이플을 들고나왔다. 그러고는 두 남자를 향해 겨누었다. 그들은 겁을 먹기는 했지만, 장전되지 않은 총이라고 생각했거나, 마라토너가 자기들보다 겁쟁이라 총을 쏘지 못하리라고 여겼는지 피하지 않았다. 총은 하나고 자신들은 둘이라는 사실을 눈짓으로 주고받는 것 같았다.

사실 마라토너의 아버지는 그들이 속히 퇴실하기를 기다리던 참이었다. 그들은 자기들끼리 다툰 적도 있고, 다른 투숙객과도 갈등을 일으켰다. 게스트하우스라는 공간은 한번 나쁜 분위기가 조성되면 당사자들이 사라지지 않는 한 그 분위기가 계속되기 쉬웠다. 그러던 차에 그 일이 생긴 것이었다.

소동의 낌새를 알아챈 다른 투숙객들까지 모두 나와 지켜보는 가운데 두 남자는 마라토너가 겨누고 있는 총을 빼앗으려고 했다. 둘이 한꺼번에 달려든 것이다.

탕.

그때 마라토너가 방아쇠를 당겼다. 그리고 두 남자는 각자 구석으로 나뒹굴었다. 총소리에 놀라 고꾸라진 것이다. 총소리에 놀란 것은 그들만이 아니었다. 소동을 구경하러 나와 있던 투숙객까지 순간적으로 폭발한 위력적인 소리에 주저앉거나 나뒹굴었다.

총소리에 모두 경황이 없는 가운데 마라토너의 아버지가 경찰에 신고 전화를 했다. 통화 내용을 듣던 두 남자는 부리나케 객실로 들어가 짐을 싸 들고 게하에서 나갔다. 아무도 그들을 잡지 않았다.

경찰도 출동하지 않았다. 사실 마라토너의 아버지가 신고하는 척 거짓 전화를 한 것이었다. 두 남자는 거짓 신고에 겁을 먹고 도망쳤다.

"집에 총을 갖고 있어도 돼요?"

"그건 공기총이라던데. 마라토너 아버지가 사냥 자격증이 있어서 간혹 사냥 대회에 나가곤 하는데, 사용법을 아들한테 가르쳐 준 적이 있었다나 봐. 마라토너가 그 총을 들고나와서 본때를 보인 거지."

"그 사람들이 보복하지는 않았어요?"

"보복?"

"네."

"못살게 구는 놈들을 혼내 주는 게 먼저야. 보복 걱정은 그다음이고."

"그게 중요한 거예요?"

"용서보다 중요한 거지."

"어째서요?"

"용서는, 잘못을 알고 용서를 구하는 상대한테나 하는 거야."

미농 씨가 단호하게 말했다. 미농 씨는 평소에도 간혹 단호하게 말하는 습관이 있어서 나는 별로 놀라지 않고 말을 이었다.

"요즘은 총 갖고 있는 사람들이 많은가 봐요."

"누가 또 총을 갖고 있어?"

나는 입을 다물고 미농 씨의 눈을 보았다. 잘못했다가는 다락에 숨겨 둔 캐리어 안에 총과 금괴가 들어 있다는 말을 쏟아 낼 것만 같았다. 그러자 미농 씨가 이렇게 말했다.

"나도 실은 총을 갖고 싶어."

"총을 갖고 있어요?"

"아니, 가지고 싶어!"

"왜요?"

"그냥 가지고 있으려고."

그렇게 말해 놓고 나서 미농 씨는 좀 난처한 듯 몸을 돌렸다. 혼자만 알고 있어야 할 속마음을 들킨 사람처럼. 그래서인지 그날 미농 씨가 나와 부딪치는 것을 피한다는 기분이 들었다. 그날만큼은 나도 미농 씨를 피해 다녔다.

2.

도미는 생물을 써야 단맛이 산다. 생물 도미는 구입 즉시 내장부

마라토너 혼자 터에 두고 돌아오면서 할머니한테 물었다.

"별일 없었어요?"

"뭔 일이 있어?"

"저 마라토너요."

"저이 덕에 금방 갈아엎겠구먼. 원래 땅이란 게 처음 갈아엎을 때가 힘든 법이라, 저 청년이 애써."

"울거나 고함치지는 않고요?"

"말 잘하던걸. 아버지 이야기도 하고. 달리기 선수 할 때 아버지가 고생 많이 했다는 이야기도 하고."

"달리기 선수였대요?"

"열 살 때부터 달렸다지."

"그럼 지금도 선수래요?"

"그 말은 안 하던데."

"은퇴했나 보네요."

할머니는 뭔가를 골똘하게 생각했다. 내 입에서 나간 은퇴라는 말이 적당하지 않다고 여기는 것 같았다.

*

단체 예약이 들어왔다. 일가족 일곱 명이라는데, 2인실 두 칸과 1인실 세 칸을 예약했다. 아쉽게도 1박 예약이었다.

3.

장기 투숙자 방에 머물던 낯선 자가 숙박을 연장하지 않고 퇴실했다고 미농 씨가 알려 주었다. 그런데 낯선 자가 고모한테 명함을 주고 갔다고 한다.

"무슨 명함요?"

"그건 몰라."

"고모는 뭐래요?"

"별말 안 하시던데."

어쨌든 미농 씨와 나는 그자가 머물던 객실부터 가 봤다. 얼핏 보기에 방 안은 별다른 점이 없었다. 미농 씨와 내가 살펴본 환풍구와 에어컨에서도 딱히 이상한 점을 발견할 수 없었다. 그자가 아주 교묘하게 뜯어봤을지도 몰랐다. 하지만 우리가 다시 뜯어보고 싶은 마음이 들 만큼 표시 나는 흔적은 없었다. 그런데 그자가 다른 객실도 살펴본 것 같다고 하지 않았나? 그쵸? 내가 물었다.

"다른 빈 객실을 누가 뒤진 흔적이 있어. 그자가 뒤진 게 분명해. 그자가 아니면 누가 뒤져보겠어."

"그런데, 오래 있을 것 같더니 생각보다 빨리 나갔네요."

"혹시, 그자가 찾던 물건을 발견한 건 아닐까? 아니면, 하려던 일을 마쳤거나. 그것도 아니면……."

"아니면요?"

"형사나 뭐 그런 사람일 수도 있고."

"우리나라 사람 같지는 않았어요."

"다른 나라 형사일 수도 있지. 자기네 나라에서 죄를 짓고 도망친 자를 잡으러 왔을 수도 있잖아?"

"말도 제대로 안 통하는데요?"

"그래도 하려던 말은 다 했잖아."

"그건 그러네요."

"뭔가 냄새를 맡고 탐문이나 잠복 수사를 했을 수도 있고."

"무슨 냄새요?"

"여긴 온갖 나라 사람들이 드나드는 곳이고, 우리가 상상 못 할 일들이 생기기도 하니까."

미농 씨의 그 말이 사실이라면 지금까지 일어난 어떤 일보다 위험했다. 우리로서는 예상조차 할 수 없는 어떤 일을 그자가 마치고 떠났다는 말이었다. 그런데 그자가 정말 하려던 일은 대체 무엇이었나. 수상한 일이 벌어지고 있는데 정작 우리만 모르고 있는 건 아닌가 의심했다.

"고모." 나는 내실 안으로 뛰어 들어갔다. 고모가 긴 탁자 끝에 놓인 컴퓨터 앞에 앉아 있다가 돌아보았다.

"그자가 명함 주고 갔다면서요."

고모는 다시 모니터 쪽으로 고개를 돌리면서 그렇다고 했다.

"무슨 명함인데요?"

"그냥 연락처."

투숙자들에 관해서라면 거의 언제나 그러듯 고모는 태연하게 답했다.

"알려 줄 거예요?"

"뭘?"

"장기 투숙자 오면요."

"무슨 상관이라서?"

"장기 투숙자를 찾는 게 분명해 보였잖아요."

"그래 보였어?"

"네. 수상하니까 말은 전해야 하잖아요! 아무것도 모르고 있다가 다치기라도 하면 어떡해요. 미리 알고 조심하는 게 낫죠."

"그렇게 생각해?"

"그럼요."

"그럼, 오면 봐서."

고모의 반응은 시종일관 시큰둥했다. 그 때문인지 별일 아니라는 생각이 잠깐 든 것도 사실이다. 고모도 심각하게 생각하고 있다면 저렇듯 태연하게 반응하지는 않았을 것이다. 멀뚱하게 서 있는 나를 향해 고모가 통보하듯 말했다.

"3시에 마트 간다."

내실을 나오면서 생각했다. 그간의 일을 되짚어 보면 사실 일어난 사건은 없었다. 장기 투숙자가 두고 간 캐리어는 다락에 그대로 있고, 그 안에 든 물건도 마찬가지다. 나와 고모와 할머니 외엔 아무도 다락에 올라갈 수 없다. 캐리어를 다락으로 올릴 때 미농 씨가 한 번 같이 올라간 적은 있지만, 그 후로는 올라간 적이 없다. 지난밤에도 내가 확인했다시피 캐리어는 그 자리에 잘 있다.

낯선 자는 수상하긴 했지만, 눈에 띄는 사건을 일으키지는 않았다. 그리고 그자는 퇴실했다. 그자가 나간 방 역시 별다른 점이 없었다. 그러니 아무 문제 없는 것이다. 그런데도 왜 이 모든 일이 위험하다고 느껴지는 것일까. 어째서 고모가 너무 안일하다는 생각이 드는 것일까.

그날 오후는 정신이 없었다. 오후 4시 이후에 오겠다고 했던 예약자들이 오후 2시에 들이닥쳤다. 일가족이라고 알린 예약자들이었다. 노부부와 중년 부부는 2인실을, 십 대와 이십 대 자녀 셋은 각각 1인실로 들었다. 그들 때문에 당장 다음 날 조식은 투숙객 것만 12인분을 준비해야 했다.

마트에서 일차 손질된 도미를 가져오는 일은 아무것도 아니었다. 도미를 적당한 크기로 손질하고 천일염을 뿌려 채반에 널어 두는 데만 오후 시간이 다 갔다.

"전에는 20인분도 지었다니까."

고모 말은 사실일 것이다. 전에는 1층 내실이 단체실이었으니 투숙객이 더 많았을 것이다. 조식 준비 외에 특별히 바쁜 일은 없었다. 그런데도 내가 아르바이트를 마치고 다락으로 올라왔을 때는 저녁 7시경이었다. 그날은 미농 씨가 저녁때까지 추가 근무를 해 주었는데도 그랬다. 들고 올라온 샌드위치와 생수를 탁자 위에 올려놓고 드러누웠다.

낯선 자가 가고 나자 위험이 사라져 버린 것만 같았다. 하지만 다락 창고에 장기 투숙자의 캐리어가 그대로 있고, 아직 주인은 나타나지 않았다. 그러니 위험은 사라진 게 아니라, 숨어 있을 뿐이었다.

4.

다락에 혼자 있는 시간이면 아버지에 대해 생각했다. 아버지가 실패한 게 아니라 우리를 버린 거라고 생각한 때가 있었다. 그렇게 생각해야만 내 정신을 지킬 수 있었다. 갑작스러운 심장 발작이 아버지를 죽였다고 하지만 나는 그렇게 생각하지 않았다. 아버지는 자신의 심장이 망가지도록 내버려 두었다. 그래서 결국 죽음에 이르도록.

아버지의 죽음은 중요하게 취급되지 않았다. 아버지가 남긴 빚이 훨씬 중요했다. 단 한 번의 실패로 아버지가 죽고 할머니와 할아버지의 일생이 헛수고로 돌아갔다. 할머니는 땅을 잃고, 퇴직금

를 내려다보자 고모가 어깨를 으쓱했다. 그리고 별일 아니라는 투로 말했다.

"아는 사람 캐리어. 내가 뭘 좀 부탁한 것도 있고, 나중에 찾으러 올 거야."

고모는 이미 갈 곳을 정해 둔 것처럼 망설임 없이 앞서 걸었다. 나는 고모를 따라 부지런히 걸었다. 우리는 에스컬레이터를 한 번 오르고, 길고 긴 통로를 걸어 나아갔다.

"어디 가게요?"

"그냥 들어가면 섭섭하잖아. 맛있는 거 먹고 가자."

긴 통로를 지나서 우리는 자기부상열차를 타고 몇 정거장 지나 내렸다. 다시 통로를 걸어가 문을 열고 들어서자 향긋한 냄새가 훅 풍겼다. 온갖 화장품 상점들이 줄지어 있는 파라다이스 시티 입구였다.

"다음엔 우경 씨도 같이 오자. 우경 씨도 스파 수영장 좋아하겠지?"

"여기 수영장이 있어요?"

"응. 야외로 연결된 수영장이 있어. 오늘은 준비 없이 왔으니 맛있는 점심이나 먹고 가는 걸로."

고모와 내가 도착한 곳은 뷔페식 레스토랑이었다. 요리를 담은 접시를 들고 식탁까지 오는 길이 꼭 적도의 식물원 같았다. 야자수와 야자수와 야자수가 길을 잡아 주었다. 거대한 야자수 화분에 꽂혀 있는 이름들, 카피타타부티아야자수, 비로우야자수, 당종려, 소철 같은 이름들을 몇 번이고 중얼거리면서 걸었다.

"야자수가 많네요."

마주 앉은 고모한테 물었다.

"응. 내가 좋아하는 야자수만 없네."

"어떤 야자수인데요?"

"워싱턴야자수라고 하는데, 어떤 사람들은 미친년 머리 나무라고도 하고. 창공을 향해 누구보다 높이 뻗어 올라가서는, 바람 부는 대로 이리저리 쏠리는 잎사귀들이 산발한 머리 모양처럼 날려서 그러겠지. 키가 너무 높게 자라는 나무라서 실내에서는 키우기 힘들 거야."

나중에 나는 '워싱턴야자수'를 검색해 보았는데, 그건 사실 길거리에 흔한 야자수였다. 가로수처럼 길에 죽 늘어선 키 높은 야자수들. 창공을 향해 뻗어 올라간 야자수들이 마음껏 흔들리는 모습을 떠올렸다.

"옛날에 우리 한집에 살았던 거 기억나니?"

마주 앉은 고모가 물었다. 옛집에 관해서는 어렴풋한 기억이 남아 있었다. 고모와 내가 함께 소파에서 잠들었던 날의 기억이었다. 하지만 그건 고모한테는 떠올리고 싶지 않은 일일 수 있었다. 많은 일들 중에 하필 고모가 자살하려 했던 일을 기억난다고 말할 수는 없었다.

"그때 그 집은 기억나?"

고모는 그 집에 대해 말을 꺼냈다. 그 집에서 고모가 태어났다는 이야기, 벽을 따라 이어진 좁은 화단에 작약이 있었고, 그 작약 옆에 할머니가 배추며 무며 대파를 화초처럼 가꾸었다는 이야기, 그리고 나의 아버지가 결혼하자 고모가 다락방으로 옮겼다는 이야기를 해 주었다. 겨울에는 다락이 너무 추워서 주방 옆에 창고처럼 쓰는 작은 방에서 지냈는데, 3월이 되기 무섭게 다락방으로 다시 올라갔다는 이야기도 했다.

"네가 태어나고 나니까 이제 내가 그 집에서 나가야 할 때라는 걸 알겠더라고. 더 이상 내가 함께 있을 곳이 아니라는 생각이 들었어."

그제야 나는 고모와 함께 소파에서 잠들었던 기억이 남아 있다고 말했다. 그러자 고모가 나를 물끄러미 쳐다보더니 물었다.

"그날 일을 기억하고 있었어?"

"조금요."

나는 소심하게 답했다.

"하지만 우리가 소파에서 함께 잤던 집은 다락방이 있던 그 집이 아니야. 거긴 그 후에 이사 간 아파트였어. 그리고 그 아파트에 들어가면서 나는 독립했고."

"그럼 그때는 같이 살 때가 아니었어요?"

"응."

고모는 내가 아니라 내 뒤에 있는 야자수들을 건너다보면서 말을 이었다.

"아파트가 그렇잖니. 결혼 안 한 시누이가 같이 살기엔 불편한 공간이지. 그때 네 큰고모는 이미 결혼해서 나간 상태였지만, 나는 아니었지."

"결혼하고 싶은 사람 없었어요?"

내가 불쑥 물었다. 고모가 하하 웃고 나서 말했다.

"있었어. 몇 번이나."

"그런데 왜 결혼 안 했어요?"

"잘 모르겠네. 뭐랄까, 용기가 없었달까? 아니면 용기를 내 보고 싶은 정도는 아니었달까? 내 경우엔, 결혼은 엄청난 에너지가 나를 이끌어야 가능한 일이라고 생각했거든."

고모는 내 뒤에 늘어선 야자수가 친구라도 되는 것처럼 시선을 주었다.

"하지만 그래도 한번, 해 보려고 마음먹은 적이 있기는 있었지. 그런데 마지막 순간에 그만뒀어. 그게 바로 너와 내가 소파에서 잠든 일이 있던 무렵이야. 용기를 낸 뒤에 밀려온 불면증 때문에 수면제를 먹은 날이었거든. 죽을 생각은 전혀 없었어. 죽을 만큼 먹은 것도 아니고. 그래도 만일 그때 내가 정말 죽었다면 자살이 될 뻔했지. 하지만 죽지 않았으니까 이런 말을 할 기회가 있네. 그래서 변명해 보자면, 식구들이 아무도 없는 집에서 편안하게 푹 자고 싶었다고 해 두자. 그게 다야."

자 회사원 한 명과 2인실을 함께 쓰는 여성 둘뿐이었다. 그들은 하루씩 예약을 연장하고 있었다. 그들이 언제 불쑥 떠날지는 예측할 수 없었다.

6.

나는 Q에서 살 생각이 아니었다. 나는 돌아갈 것이다. 그곳이 원룸이건 지하 단칸방이건, 내가 있을 곳은 언니와 엄마가 있는 곳이라고 생각했다. 나는 아버지의 죽음에 가족 모두 책임이 있다고 생각했다. 공동의 책임이 있는 만큼 고통도 함께해야 했다. 그래서 나는 Q에서 잘 지내고 싶지 않았다. 때때로 나는 일부러 더운 한낮에도 다락에 있는 걸 고집했고, 그런 고집을 부린 날이면 어쩐지 마음이 약간 편해졌다.

나도 알고 있었다. 좁은 원룸에 비하면 Q에서 지내는 건 천국이나 마찬가지였다. 하지만 그 점이 나는 미안했다. 나만 도망 나왔다는 죄책감이었다. 그래서 잘 지내고 있다는 연락은 하지 않고 있었다. 무엇보다 여기서 잘 지낸다고 하면 엄마는 당장 이쪽으로 전학 준비를 서두를 것이었다.

그런데 그날 밤 나는 다락 매트에 정좌하고 앉아 엄마한테 문자를 보냈다. 잘 지내고 있으며, 할머니도 편안하게 지내신다고 했다. 그러자 엄마는 '고맙다.'라는 간단한 답을 보내왔다. 엄마와 조금 더 대화하고 싶어서 다른 걸 물었다.

　　—언니는 지금 뭐 해?

　　—알바 갔어. 곧 온대.

　　—엄마는 저녁 먹었어?

　　—응, 너는?

　　—먹었지. 그런데 엄마 도미밥 할 줄 알아?

　　—몰라.

　　—고모가 매일 아침에 그걸 해. 나도 배우고 있어.

　　—할머니가 좋아하시겠네.

　　—우경 씨가?

　　—할머니한테 우경 씨가 뭐야.

　　—고모가 그렇게 불러서 나도 그렇게 불러.

　　—할머니 생선 좋아하시지.

　　—나물을 더 좋아하시는 거 아니었어?

　　—식성이 변하셨나?

　　—고모도 같은 말 했어.

　　—할머니한테 안부 전하고. 잘 자라.

　　—엄마도 잘 자.

언니한테도 문자를 보냈다.

　　—뭐 해.

의 인상이나 말투, 행동을 보고 어떤 사람인지 짐작해 보는 일에 재미를 붙였는지도 모른다. 하지만 내가 정말로 기다리는 사람은 장기 투숙자였다.

8.

나는 장기 투숙자가 오기를 기다렸다. 총과 금괴가 든 가방을 두고 갔으니 분명 오기는 올 것이다. 나는 그자를 정말 만나 보고 싶었다. 하지만 삼 주가 되도록 연락이 없는 것을 어떻게 생각해야 하나. 만일 삼 개월, 혹은 삼 년이 지나도록 그자가 나타나지 않으면 다락에 있는 물건은 어떻게 되는 건가.

대형 태풍이 지나가고 연달아 또 다른 태풍이 온다는 예보가 있던 날이다. 저녁 식사를 마치고 할머니와 함께 밭에 다녀오는 길이었다. 멀리서 보기에도 엄청나게 큰 캐리어를 끌고 Q로 들어가는 사람이 있었다. 배낭 역시 그때까지 내가 본 중에서 가장 큰 것을 메고 있었다.

할머니와 내가 현관 안으로 들어섰을 때 그 사람은 벌써 객실로 들어가고 없었다.

"누구예요?"

혼자 온 남자였으니 1인실을 예약한 자일 확률이 높았다. 고모는 할머니와 나를 번갈아 보다가 나를 보면서 말했다.

"다락에 있는 그 캐리어 좀 가지고 내려올래?"

"왜요?"

"캐리어 주인이 왔어."

"장기 투숙자요?"

내가 속삭이자 고모가 고개를 끄덕였다.

"가방을 찾아요?" 다시 물었다.

"안 찾아도 줘야지."

이번엔 고모가 냉정하게 답했다. 나는 고모의 싸늘함에 어쩐지 마음이 상해서 위층으로 올라갔다. 캐리어는 붙박이장 안에 얌전히 서 있었다. 주인이 돌아올 때를 기다리는 노예처럼. 그리고 마침내 주인이 자기를 찾으러 왔다는 사실을 알고 득의만만하게 웃는 것 같았다. 나는 캐리어를 거칠게 끌어냈다. 덩치에 비해 가벼운 캐리어는 내 의도보다 더 심하게 흔들리면서 끌려 나왔다.

내가 들고 내려온 캐리어를 고모가 받아 1층의 구석진 객실 문 앞으로 끌고 갔다. 그리고 문을 두드렸다. 그 객실은 전에 낯선 자가 에어컨을 핑계로 바꿔 달라고 요구한 객실이었다. 하지만 낯선 자가 다른 방으로 옮기고 나서 살펴본 바로는 에어컨은 별문제가 없었다. 객실 문이 열렸다. 고모와 장기 투숙자는 몇 마디 말을 주고받았다. 그리고 캐리어는 바퀴를 굴리며 보란 듯이 그 방 안으로 사라졌다.

태풍이 본격적으로 비바람을 쏟아 내기 시작했다. 다락의 모든 경사진 창으로 바람과 비가 세차게 몰아쳤다. 소형 태풍이라는 예보가 있었지만 며칠 전 지나간 큰 태풍보다도 더 드센 것 같았다. 지난번 태풍은 예보만 요란했지 실제로는 별일 없이 지나갔다. 바람이 좀 불긴 했지만 비는 거의 오지 않았다. 하지만 그날의 작은 태풍은 예보와 달리 매서운 비와 바람을 쏟아 내고 있었다.

매트에 누워 올려다보니 창으로 내리치는 빗줄기가 요란했다. 끊임없이 쏟아지는 빗소리와 인터넷 강의 소리가 뒤섞였다. 나는 장기 투숙자가 캐리어를 열어 금괴와 총을 확인한 다음에 어떻게 했을지 생각하다가 잠이 들었다.

차갑고 축축한 감촉에 눈을 떴다. 어둠 속에서 얼굴을 만져 보았다. 얼굴뿐 아니라, 베개와 매트까지 축축했다. 일어나 앉아 위를 보니 창에서 물이 떨어지고 있었다. 심한 건 아니었지만 한두 방울씩 연속해서 떨어지고 있었는데, 바닥에 떨어진 물방울이 사방으로 흩어지면서 매트와 내 얼굴에까지 튀고 있었다. 나는 매트를 창에서 먼 쪽으로 끌어다 놓았다. 물방울을 받아낼 뭔가를 찾아야 했다. 우선 바닥에 수건을 깔아 두고 아래층으로 내려갔다.

1층으로 내려가는 계단에 막 발을 디뎠을 때였다. 누군가 내실로 이어지는 아치형 문에서 나오고 있었다. 아치형 문은 이중으로 되어 있는데, 안쪽에 있는 문은 미닫이이고, 공용 주방과 바로 연결되는 문은 개방형이었다. 두 개의 문 사이는 열 걸음쯤 되는 좁은 복도인데, 센서 등이 켜졌다 꺼지는 것으로 보아 누군가 그곳을 걸어 나오고 있었다. 나는 발소리를 들으며 숨죽인 채 멈춰 서서 꼼짝하지 않았다.

센서 등이 켜지면서 드러난 사람은 남자였다. 한눈에 보기에도 결코 젊은 남자는 아니었다. 그렇다고 노인도 아니었다. 그는 완전히 늙기 직전의 나이로 보였다. 단단한 체격과 짧은 회색 머리칼을 가진 남자는 1층의 가장 구석진 객실로 들어갔다. 장기 투숙자의 방이었다.

객실 문이 닫히자 나는 1층 공용 주방으로 내려갔다. 주방 뒤쪽 다용도실 문을 열고 물을 받을 만한 플라스틱 통을 찾아 다시 다락으로 올라왔다. 바닥에 고인 물을 대충 닦아 내고 수건을 깐 플라스틱 통을 그 아래 받쳐 두었다.

나는 다시 인터넷 강의를 켜 두고 축축해진 매트를 수건으로 꾹 꾹 눌러 닦았다. 시트는 많이 젖지 않았다. 그래도 눅눅해진 시트를 벗겨 새 시트를 깔고 베개도 하나 꺼냈다. 다시 매트 위에 누워 장기 투숙자가 무슨 일로 내실 쪽에서 나오고 있었는지 생각했다.

9.

나는 이 소형 태풍에 어쩐지 마음을 얹고 있었다. 몇 날이고 며 칠이고 비와 바람이 몰아치기를 바랐다. 그런데 몇 시간 사이 태풍

언니와 나는 가게에서 사 온 도시락을 먹고 있었다. 우리는 특별히 다정한 사이는 아니었지만, 그렇다고 나쁜 사이도 아니었다. 언니는 쓸데없는 간섭을 하지 않는 성격이었고, 나한테는 언니 역할을 하려고 노력하는 편이었다. 나는 언니가 유독 언니 노릇을 하려 드는 것에 약간 반감을 가지고 있었다. 그래서 그즈음에는 따지는 식으로 대화가 이어지기 일쑤였다.

그날 언니는 이제 너도 중학생이 되었으니까 알아도 될 것 같아서 해 주는 말인데, 로 이야기를 시작했다.

"뭔데."

"기라 고모 이야기야."

"기라 고모가 왜?"

"넌 전혀 눈치 못 채고 있었구나."

"뭘."

"기라 고모, 지금 어디 있는지 알아?"

"어디 있는데."

"교도소."

"뭐?"

"한참 됐는데 전혀 눈치 못 챘어?"

"언니는 어떻게 알았어?"

"우연히 들었어."

"기라 고모가 왜 거기 가 있어."

"나도 자세히는 몰라. 뭔가 죄를 지었겠지."

"그러니까, 그 죄가 뭐냐고!"

나도 모르게 언성이 높아졌다. 언니한테 화가 난 게 아니었다. 기라 고모가 교도소에 갇혀 있다는 말을 이해할 수 없는 건 물론이고, 그런 소식을 이제야 알았다는 사실에 화가 났다.

"사기를 당했다나 봐."

"누구한테."

"친구한테 속았다는 것 같던데. 정확한지는 모르겠고."

"어느 교도소에 있는데."

"우리는 가면 안 돼."

"왜."

"고모가 거기 있는 건 비밀이니까. 특히 너하고 나한테는."

"기라 고모가 비밀로 하라고 했대?"

"그것까지는 모르지만 아무튼 우리는 모른 체해야 해."

"어째서?"

"어른들이 걱정하니까."

"창피한 거겠지!"

"뭐?"

"언니도 고모가 창피한 거잖아!"

"어쨌든 우리는 모른 체해야 한다고!"

"난 모른 척하지 않을 거야."

"그럼 어쩔 건데?"

"기라 고모한테 가 볼 거야."

"교도소에?"

"그래."

"가서?"

"우리는 기라 고모를 창피해하지 않는다고 말할 거야."

"우리가 창피해하는 건 아무런 문제도 아니야."

"그럼?"

"기라 고모가 창피해할까 봐 그러는 거지!"

언니의 그 말은 내가 가지고 있던 얄팍한 선의에 찬물을 끼얹었었다. 어쩌면 바로 그 순간부터 윗사람 노릇을 하려 드는 언니에 대한 반감을 접었는지도 모른다. 고모가 자기 자신을 창피해하도록 만들 필요가 있겠느냐는 말은 언니가 나보다 더 깊게 생각한다는, 자신의 선의를 증명하기 위해 억지를 부리지 않는다는 뜻이었다.

그날 이후 언니와 나는 기라 고모 이야기를 입에 올리지 않으려 더욱 조심했다. 식구들 사이에서는 교도소에 관한 말을 꺼내는 것조차 허락되지 않았다. 그 일을 자유롭게 입에 올리는 사람은 기라 고모 자신뿐이었다.

11.

교도소에서 나온 고모는 한동안 할머니 과수원에 머물렀다. 그때 언니와 둘이 과수원에 간 적이 있다. 주말과 공휴일이 겹친 연휴였다. 언니와 나는 시외버스 터미널에서 버스를 타자마자 할머니한테 전화를 넣었다. 그래야 우리가 도착할 시간을 할머니가 가늠할 수 있었다. 버스 안에서 언니와 나는 서로 대화를 나누지는 않았지만 고모를 만나면 무슨 말을 조심해야 하는지 알고 있었다.

과수원에서 만난 고모는 꽃무늬 작업복 바지에 낡은 검은색 장화를 신고, 머리에는 하늘색 차양이 펄럭이는 모자를 쓰고 있었다. 과수원 작업 복장으로 우리를 맞은 고모의 첫마디는 이랬다.

"내가 올리브 농장에서 일할 때도 이런 작업복을 입었거든."

그 말은 전에 고모가 여행사에서 일할 때 패키지여행에 포함된 올리브 따기 프로그램에 참여해 봤다는 말이었다. 뒤이어 고모는 자기가 남부 유럽의 올리브 농장에 풍덩한 바지 작업복을 유행시킨 장본인이라고 하면서 호탕하게 웃었다.

"청바지보다 나은 작업복을 내가 전파했다니까?"

그때 고모는 우리와 꼭 하루를 함께 있었는데, 그 하루 동안 고모는 세계 이곳저곳을 다닌 이야기를 했다. 한참 뒤에야 고모가 여행 이야기만 한 이유가 긴 시간 갇혀 있던 것에 대한 반감 때문이라는 사실을 이해하게 되었지만, 당시에 나는 고모 이야기를 탐험기로 들었다. 어린 시절 고모를 흠모하던 마음이 남아 있었기 때문이었다. 그때까지만 해도 나는 기라 고모가 교도소에 다녀온 일조차 모험의 일부라는 환상을 가지고 있었다. 그런 나에게 고모의 여행 이야기는 고모가 아직 탐험가라고 확인시켜 준 것이나 다름없었다. 더구나 해외로 나가 본 적이 없는 나한테 고모의 여행 이야기는 탐험 그 이상이었다.

그런데 그날 고모가 여행 이야기를 하면서 어딘지 맥이 빠진 듯한 기분을 드러낸 곳이 있었다. 지금에 와서 생각해 보면 전체적으로 가라앉아 있었지만, 유독 그 부분을 이야기할 때 그랬던 것 같다.

고모가 여행사에서 단독 인솔자로 일한 지 얼마 안 되었을 때라고 했다. 아테네 외곽에 있는 호텔에서 출발해 포세이돈 신전에 다녀오는 일정이 있던 날이었다. 이미 두어 번 다녀온 일정이었지만 그날따라 뭔가를 기대하게 되더라고 했다. 아마도 그날의 날씨 탓인지도 몰랐다. 5월, 피레우스 항구 인근에서 아테네 반도 남부로 이어지는 해안선을 따라 움직이는 일정이었다. 청량한 공기 속에 얼핏 황량해 보이는 화강암 산들과 해안선을 따라 달리다가, 크고 작은 파란 수영장이 딸린 흰 외벽의 주택들과 닻을 내리고 정박해 둔 요트들이 이어진 해안 도로 근처에서 잠시 멈추는 시간도 있었다. 버스에서 쏟아져 나온 여행객들이 알싸한 바닷물에 종아리를 적시는 시간과, 아테네에 사는 현지 안내인이 선박왕 오나시스와 마리아 칼라스, 재클린 케네디의 이야기를 들려주는 시간이기도 했다. 그리스의 선박왕 이야기는 고모도 좋아했다. 하지만 고모는 그들 셋의 관계에 대해서는 다른 견해를 갖고 있었다. 현지 안내인은 선박왕이 실제로 마음에 둔 쪽은 마리아 칼라스였지만 정치경제적인 배경을 고려했기 때문에 재클린 케네디를 선택했다는 투로 설명했는데, 고모는 그렇게 해석하지 않았다. 그들 사이의 '낭만적 감정'과는 달리 선박왕이 더 유명한 쪽을 선택하는 데 크게 주저하지 않았을 것이라고 고모는 생각했다. 유명세가 가져올 수 있는 잠재적 이익을 선택했으리라는 게 고모의 생각이었다.

구불구불한 해안 도로를 따라 마침내 도착한 아테네 반도의 땅 끝에 포세이돈 신전이 보였다. 신전 아래 주차장에는 푸른 눈동자를 가진 그리스 아이들이 수학여행 중인지 몰려와 있었다. 그리스 아이들과 한국 여행객들은 서로를 구경하면서 언덕을 올랐다. 바다를 조망할 수 있는 언덕 위 평평한 터에 카페 식당이 있었다. 가끔 한 번씩 몰려오는 관광객들을 위한 카페 식당은 일시에 왁자해졌다. 카페에서 올려다보이는 곳에 포세이돈 신전 기둥 몇 주가 모습을 드러냈다. 하지만 포세이돈 신전까지 올라가려면 구부러진 언덕을 더 올라야 했으며, 언덕 중간쯤에 매표소가 따로 있었다. 매표소 직원들은 아시아인 여행객을 조롱하는 눈빛으로 바라보기 일쑤였는데 그날이라고 다르지 않았다.

고모는 그날 두 번째로 신전이 있는 언덕까지 올랐다. 매표소를 거쳐 몇몇 여행객이 고모와 함께 올랐다. 신전은 보수공사 중이라

출입 금지 줄에 둘러싸여 있었다. 무너진 신전의 기둥들과 무너지기 직전의 기둥들, 오랜 세월 한자리를 지킨 석벽 틈에 핀 이끼들, 그리고 신전이 서 있는 아찔한 위치로 인해 한 발만 내디디면 바다일 것 같은 착각이 드는 풍광은 아름다움을 넘어선 아름다움이었다.

그런데 그날 그 자리에서 고모는 신전의 오래된 아름다움 속에 뭔가가 빠져 있다는 것을 문득 헤아렸다. 그것은 정신이었다.

그 장소가 한때는 사람들의 인생을 관장하는, 그래서 절박한 마음이 모여드는 공간이었으나 이제는 흔적만 남은 회상의 공간이라는 생각이 들었다고 했다. 고모는 현실의 정신이 사라진 공간은 공개되어도 아무 문제를 일으키지 않는다고 했다. 반대로 현실이 살아 움직이는 공간은 쉽게 공개되지 않는다고 했다. 그래서 공개된다면 문제를 일으킬 것이라고 했다.

한때 포세이돈 신전은 현실의 공간이었으며 특정인만 드나들 수 있는 공간이었을 것이다. 그리고 이제 완벽하게 공개된 뻥 뚫린 공간에는 그 어떤 위험한 현실도 없었다. 그렇기 때문에 완전하게 공개될 수 있는 것이다. 고모는 현실에서 멀어진 아름다움, 그러한 장소가 주는 아름다움에는 위험이 없다고 했다. 그래서 아름답기는 하지만 뭔가 싱거운 장소가 되는 것이라고 했다.

이후로도 고모는 여행사 일을 하면서 아테네와 포세이돈 신전을 오가는 일정을 반복했다. 그리스의 여름과 겨울, 봄과 가을의 해안 도로를 고모는 눈에 익혔다.

"그런데, 교도소에 있는 동안 가장 생각나는 곳이 바로 거기더라."

고모 입에서 교도소라는 말이 나오자 언니와 나는 긴장했다.

"왜 하필 그곳이 자꾸 생각났나 몰라."

언니와 나는 고모의 다음 말을 기다리고 있었다. 고모는 우리를 전혀 의식하지 않는 것 같았다. 혼자만의 생각 속에서 답을 찾아내려 애쓰는 표정이었다.

"어쩌면…… 마음이 편해서였을지도 모르지. 그곳은 나한테 아무런 해도 끼치지 못한다는 걸 알고 마음을 풀었던 탓일까."

그 말을 중얼거린 후 고모는 더 이상 말을 잇지 않았다. 언니와 나도 질문하지 못했다. 고모가 입을 열기 전에 우리가 먼저 질문해서는 안 되는 게 바로 교도소와 관련된 일이었다.

연휴가 끝나고 언니와 나는 집으로 돌아왔다. 얼마 후 언니와 내가 방학을 맞아 할머니 과수원에 다시 갔을 때 고모는 떠나고 없었다.

12.

미농 씨가 처한 새로운 사정을 알게 된 것은 그즈음이었다. 어느 날 미농 씨는 네 살 정도 되는 아이를 데리고 출근했다. 고모가 아

"뭘 주더구먼."

"뭘요?"

"저기 어디, 중앙아시아 어디서 갖고 온 말린 무화과라나? 무화과가 애들 주먹만 하더구먼. 냉동실에 넣어 뒀지. 너희 고모가 나중에 빵 구울 때 쓴다고 하더만."

"그것뿐이에요?"

"그럼, 뭐가 더 있어야 하나?"

"무슨 이야기는 없었냐고요. 가방 뒤진 걸 알아채서 따졌다거나요."

"그런 말은 일절 없었어. 인상과는 달리 사람이 차분해 보여."

할머니도 고모처럼 전혀 긴장하지 않는 모양이었다. 긴장하지 않을 뿐 아니라 심지어는 장기 투숙자를 신뢰하는 것 같았다. 장기 투숙자가 행색은 험해도 말이나 태도가 점잖다는 것이다. 긴장하고 답답해하는 사람은 나뿐인 것 같았다.

나는 결국 미농 씨한테 장기 투숙자의 가방에 관해 이야기하고 말았다. 가방은 이미 주인을 찾아갔고, 아직 아무 일도 일어나지 않았지만 마음을 놓을 수는 없었다. 미농 씨는 다른 게스트하우스에서 일해 본 경험이 있으니 이런 일에 어떻게 대처할지 답을 해줄지도 몰랐다. 그런데 내 말을 다 들은 미농 씨 반응은 이랬다.

"그게 왜?"

"아무렇지도 않아요?"

"남의 가방에 있는 물건으로 지레짐작하면 곤란하지."

"총인데도요?"

"신고라도 할까?"

"신고하면 어떻게 되는데요?"

"총기 소지가 불법이긴 한데…… 어쩌면 총을 가지고 다녀도 되는 사람인지도 모르지."

"그런 사람도 있어요?"

"총기 소지를 허락받았다거나, 직업상 가지고 다닌다거나."

"직업상요?"

"국제경찰이라거나, 형사라거나."

"보따리장수라던데요."

"그야 모르지. 아무튼 총으로 사고를 내지 않는 한 두고 보는 게 나을 것 같은데. 사장님이 아는 사람이라면서."

"단골이라고 들었어요."

아무튼 미농 씨는 고모가 가만있는 일이니만큼 일단 두고 보자는 의견이었다. 단, 조심은 해야 한다고 했다. 미농 씨 말에 의하면 사고는 불시에 일어날 수 있고, 착한 사람이건 못된 사람이건 누구나 사고를 당할 수 있다고 했다.

만일 낯선 자가 Q에 다시 오지 않았더라면 장기 투숙자의 캐리어에 들어 있던 물건은 시간이 가면서 서서히 잊혔을지도 모른다.

시간이 지나면 장기 투숙자는 돌아갈 것이고, 그러면 위험한 물건도 함께 가져갈 터였다. 그랬다면 그 일은 작은 모험처럼 이야깃거리가 될 수도 있었다. 그런데 낯선 자가 다시 찾아오면서 위험은 실제가 되었다.

*

그날 밤 깊은 시간에 1인실 예약이 한 건 들어왔다. 그 예약을 확인한 건 다음 날 아침이었다.

14.

그 한밤의 예약자가 낯선 자라는 사실을 안 것은 다음 날 저녁 무렵이었다. 그가 이전과는 다른 이름으로 예약했기 때문에 그자이리라고는 짐작조차 못 했다. 고모는 현관에서 가장 가까운 1인실을 그에게 내주었다. 그날 2층에는 여성 투숙객들이 있었고, 장기 투숙자 방과 가까운 방을 내주기에는 꺼려지는 구석이 있었기 때문이다.

그날은 다 함께 내실에서 저녁 식사를 했는데, 식사를 하면서 고모는 계속 창밖을 주시했다. 고모는 장기 투숙자를 기다리는 것 같았다. 하지만 장기 투숙자는 저녁 식사가 끝나고 날이 어두워질 때까지 들어오지 않았다.

장기 투숙자가 돌아온 건 내가 다락으로 올라가던 때였다. 다락 계단을 막 오를 때 현관문 안으로 누군가 들어서는 소리가 들렸다. 캐리어 바퀴가 덜컥이는 소리와 내실 안쪽 미닫이문이 드르륵 열리는 소리가 거의 동시에 났다. 나는 다시 2층 계단 난간 쪽으로 내려와 섰다. 현관 안으로 들어선 사람은 장기 투숙자였다.

장기 투숙자가 내실에서 나온 고모와 잠시 이야기를 나누었다. 무슨 이야긴지 들리지는 않았다. 하지만 고모가 이야기 중에 현관 쪽으로 시선을 던진 것으로 보아 낯선 자가 현관 앞 객실에 있다는 말을 전한 것이라고 짐작했다. 장기 투숙자가 몸을 돌리자 고모는 나를 올려다보면서 손짓했다. 다락으로 어서 올라가라는 뜻이었다.

고모는 당황하거나 위험한 순간에 닥치면 더 철저하게 차분해지곤 했는데, 그때 역시 그랬다. 바로 그런 점 때문에 나는 고모가 당황하고 있다는 것을 알았다.

다락에 올라와서도 나는 아래층에서 나는 소리에 집중했다. 하지만 밤 11시가 넘도록 아래층은 고요했다. 그날은 투숙객도 별로 없었다. 2층 객실 세 칸에 투숙객이 들어 있을 뿐이었다. 두 칸은 여성이었고, 다른 한 칸은 남자 회사원이었다. 인근 업무 단지에 근무하는 회사원은 조식 시간 외에는 얼굴을 볼 수 없었다. 회사원은 전철역에서 Q까지 걸어 다니는 모양이었는데, 고모는 회사원이 산책 삼아 걷는다고 여겼다. 회사원은 객실에 들어간 후에는 객실 밖으로 거의 나오지 않았다. 그는 객실 안에서도 조용했다. 회사원이 머무는 객실에서 이렇다 할 만한 소리가 밖으로 새어 나온 적이 없었다. 그날도 조용하기는 마찬가지였다.

나는 아래층에서 올라오는 미세한 소리에 집중했다. 객실 문이 열리고 닫힐 때 유독 문손잡이 소리가 선명하다는 것을 알고 있었다. 이 소리는 고모도 구별하고 있었다. 언젠가 고모는 공용 주방 식탁에 앉아 있다가 객실 문손잡이 소리를 듣고 일어선 적이 있었다. 처음에 나는 그 미세한 소리를 구별해 내지 못했지만, 언제부터인가 구별할 줄 알게 되었다. CCTV를 설치할 수 없는 게스트하우스 내부에서 투숙객들의 움직임을 조금이나마 파악하려는 의도가 담긴 문손잡이일지도 모른다고 생각하기도 했다.

밤은 조용하고, Q는 더욱 조용했다. 나는 마라토너가 고함을 지르면서 지나가기를 기다렸다. 마라토너의 발소리가 그날만큼 기다려진 적은 없었다. 마침내 저 멀리서 마라토너의 발소리가 다가오기 시작하자 팽팽한 긴장이 누그러지는 것 같았다.

하지만 마라토너의 발소리가 사라지자 긴장이 되살아났다. 나는 긴장 속에서 아래층에서 올라오는 어떤 기미도 놓치지 않으려 애썼다. 하지만 아래층에서는 어떤 소리도 올라오지 않았다. Q뿐 아니라, 동네 전체가 그날따라 더욱 고요했다. 가끔 들려오던 새들의 뒤척임도, 바람도 없었다. 어둠에 묻힌 밤이 흘러가고 있었다.

15.

　다음 날 조식 시간에는 낯선 자도 장기 투숙자도 나타나지 않았다. 조식을 먹고 안 먹고는 순전히 손님이 결정할 일이었다. 조식을 챙겨 주기 위해 일일이 객실 문을 노크하지는 않는다.

　나는 조식 준비가 끝난 후 내실에서 기다렸다가 미농 씨가 출근하자마자 다락으로 이끌었다. 내가 다락 계단 뚜껑을 닫으면서 알렸다.

　"그 사람이 왔어요."

　"누구?"

　"낯선 자요."

　"언제?"

　미농 씨는 낯선 자가 올 것을 예상했다는 듯 차분하게 되물었다.

　"어젯밤에요."

　"별다른 행동은 없었어?"

　"너무 조용한 게 이상할 지경이었어요."

　"조용했어?"

　"네."

　"용의주도한 것일 수도 있어."

　"왜요?"

　"우리가 의심하고 있다는 것을 알고 눈치를 보는지도 모르지.

우리를 안심시키려고 일단은 조용하게 지내는 것일 수도 있어.”

“뭣 때문에요?”

“두고 보면 알겠지.”

“그런데 다시 온 이유가 뭘까요?”

“그야, 찾던 물건을 가지러 온 거겠지. 아니면…….”

“아니면요?”

“그 물건을 가지고 있는 사람이 온 걸 알고 왔을 수도 있고.”

“장기 투숙자요?”

“그럴 확률이 높지 않겠어?”

나는 고개를 끄덕였다. 내 생각도 그렇다는 의미였다.

“그럼 장기 투숙자와 낯선 자가 서로 아는 사일 수도 있다는 말이에요?”

“어쩌면.”

“만일 안다면 두 사람은 어떤 사이일까요?”

“좋은 사이는 아닐 거야.”

나는 다시 고개를 끄덕였다. 역시 내 생각도 그렇다는 의미였다.

계단 뚜껑을 올리고 계단을 내려가려던 미농 씨가 뒤돌아 물었다.

“나하고 봄이가 여기서 며칠 지내도 괜찮겠어?”

난데없는 질문이라서 나는 뭐라고 답을 할 수 없었다. 그건 내가 답할 일이 아니었다. 미농 씨도 내 답을 기다리지 않고 다음 말을 이었다.

"사장님한테 먼저 물어보고, 그런 다음에 할머니한테 허락받고 나서 다시 이야기하자."

"저는 좋아요. 그런데, 무슨 일 있어요?"

"이사 갈 집을 구하긴 했는데 이사 날짜가 며칠 뜨네. 그뿐이야. 다른 일은 없어!"

미농 씨는 아래로 내려가면서 나를 향해 눈을 찡긋했다. 나도 허락받기를 기원한다는 투로 엄지손가락을 들어 올렸다. 고모와 할머니 허락을 얻는 일은 어렵지 않을 것이었다.

*

그날 오후에 이상한 손님이 왔다. 예약 없이 와서 2층 5호실을 요구했다. 그 객실은 욕실 천장이 경사진 대신 침실은 다른 객실보다 넓었다. 침대 옆에 동그란 협탁이 있고 창에는 풍경이 매달렸다. 그 방 투숙객이 창문을 열어 두면 풍경이 챙가당거리는 소리가 다락에도 들렸다.

대뜸 그 객실을 요구하는 걸 보아 Q를 이용한 적이 있는 모양이었다. 2층 5호실은 비어 있어서 그 여성 손님의 요구를 들어주는 데 문제는 없었다. 고모가 잠시 Q를 비웠을 때라 내가 객실을 안내했다. 고모와 비슷한 나이 같아 보였는데, 고모보다 젊고 다부져

"네?"

"저 방 사람도 초대하고 말이야."

고모가 말한 '저 방 사람'이란 장기 투숙자였다. 고모의 농담 때문에 긴장이 누그러진 건 사실이었다.

저녁 시간이 되자 내실이며 공용 주방이 왁자해졌다. 우리 셋에 미농 씨와 봄이만 더 있을 뿐인데 그랬다. 식탁은 내실에 차려졌다. 잘 구워진 고기파이 냄새가 고소하게 풍겼다. 다들 자리를 잡고 앉았을 때 누군가 내실로 들어섰다. 2층 5호 투숙객이었다.

"여기에 가끔 묵는 분인데, 제가 식사 같이 하자고 초대했어요."

고모가 소개했다. 2층 5호 투숙객은 고모는 물론이고 다른 누구 한테도 별다른 친밀감을 보이지 않았다. 처음 Q에 들어설 때 보았던 단순하고 강인한 표정 그대로 할머니를 향해 공손히 허리를 숙이고 내 곁에 자리를 잡고 앉았다. 고모가 우리 쪽을 잠깐 보는가 싶었다.

"네가 정성이구나! 어릴 때랑 다르게 훤칠해졌네."

"네?"

"전에 기라 씨가 네 사진을 가끔 보여줬거든."

고모가 우리 쪽으로 다가오면서 말을 끊고 물었다.

"그때 사진하곤 딴판이죠?"

고모의 존대가 어딘지 어색했다. 2층 5호 투숙객도 익숙하지 않은 존대로 답했다.

"몰라보겠네요. 그런데 저 고구마 줄기가 스킨답서스보다 멋져요."

2층 5호 손님이 불쑥 할머니 쪽을 보면서 화제를 돌렸다.

"아무렴!" 할머니가 받았다. 할머니는 과수원에 살 때도 주변에 있는 온갖 식물을 꽃병에 꽂아 두곤 했다. 심지어 깨풀까지 탁자 위에 올려 둔 적도 있었다.

"깨꽃이 얼마나 이쁜 줄 알아? 조롱조롱 달린 연보라색 꽃 좀 봐라!"

그런 다음에는 이런 말도 했다.

"깨꽃이 이쁘기는 하다만, 깨벌레는 음청 커. 그놈은 나도 만지기 겁날 정도로 크다니까."

나는 갑자기 덩치 큰 연두색 벌레가 떠올라 몸을 움츠렸다. 그런데 고모가 내 생각을 읽기라도 한 것처럼 말을 꺼냈다.

"깨꽃 따라 깨벌레까지 식탁에 올라온 적도 있었잖아. 그게 박각시나비 애벌레죠?"

고모가 다시 자기 자리에 가 앉으면서 물었다.

"박각시나방 애벌레지."

할머니가 고쳐 주었다.

"나비래도."

기라 고모가 투정하듯이 '나비'에 힘주어 말했다.

"무슨 일 있습니까?"

"걱정할 일 아니오."

장기 투숙자가 도리어 언짢은 목소리로 답했다. 그러자 미농 씨가 낮고 거친 목소리로 되물었다.

"방금 무슨 소리였습니까!"

장기 투숙자가 미농 씨 질문에 답하지 않고 우리를 천천히 둘러보았다. 그는 잠시 당혹스러운 표정을 짓더니 다시 무덤덤한 표정으로 돌아가 고모를 쳐다보았다. 그리곤 일부러 그러는 듯 느릿느릿하게 답했다.

"별일 아니오. 부서진 건 보상하리다."

그때 갑자기 미농 씨가 문 안으로 발을 들이밀면서 지금껏 들어본 적 없는 무서운 목소리로 말했다.

"소란이 났으니 어쨌든 저희는 안을 확인해야 합니다. 잘못했다가는 게스트하우스 문 닫을 수도 있어요!"

장기 투숙자가 미농 씨를 뚫어질 듯이 노려보았는데, 그 눈빛에는 위협보다는 어떤 신호가 담긴 것만 같았다. 미농 씨가 들이민 발에 힘을 실어 몸을 밀어 넣으면서 말했다.

"일단 경찰을 부르겠습니다."

그 말이 나가자마자 나는 거의 반사적으로 휴대폰을 꺼내 들었다. 경찰에 전화하겠다는 신호였다.

그때 방문이 활짝 열렸다. 다른 누군가가 방 안에서 문을 잡아 젖힌 거였다. 현관 옆 객실에 있어야 할 낯선 자가 장기 투숙자 방 안에 있었다. 낯선 자 뒤로 방 안 풍경이 드러났다. 방 안은 약간 어지러웠는데 몸싸움을 한 흔적 같았다.

"아무 일도 없다니까 그러시네."

장기 투숙자가 다시 던지듯이 말했다.

"그건 뭡니까?"

고모가 물었다. 그러자 장기 투숙자가 허리 뒤에 숨겼던 손을 앞으로 내밀었다. 그의 손에는 검은 총이 들려 있었다.

"이건 빈 총이오."

장기 투숙자가 총을 들어 보이면서 말을 이었다.

"소란을 피워 미안하오만, 모른 척해 주시오."

"그렇다면 총을 이리 주시오!"

할머니였다. 할머니가 어느새 우리 뒤에 와 병풍처럼 서 있었다.

"총을 내주면 우리도 안심하리다."

할머니가 다시 말했다. 그러자 미농 씨가 커다란 손바닥을 펼쳐 장기 투숙자 앞에 내밀었다. 장기 투숙자가 들고 있던 총을 미농 씨 손바닥에 올려 주면서 낯선 자에게 눈짓을 보냈다. 그 순간 미농 씨가 낯선 자를 향해 달려들었다.

미농 씨는 거의 본능적으로 움직이는 것 같았다. 미농 씨가 낯선 자의 손에서 뭔가를 빼앗았는데, 그것은 또 다른 총이었다. 총을 빼앗은 미농 씨는 믿기 힘들 정도로 날렵하게 문 밖으로 물러섰다.

장기 투숙자는 별다른 동요를 보이지 않고 낯선 자를 힐끗 바라보았다. 낯선 자가 두 손으로 허공을 밀어내는 동작을 했는데, 아마도 괜찮다는 의미인 것 같았다. 장기 투숙자가 다시 우리를 보면서 말했다.

"일을 크게 만들지 마시오. 일 커져 봤자 서로 좋을 거 없소."

장기 투숙자가 뒤로 한발 물러서면서 객실 문을 닫았다.

닫힌 문 앞에서 우리는 잠시 굳은 채 서 있다가 다 함께 공용 주방에 모여 섰다.

"어찌 알고 왔나?"

할머니가 물었다. 언제 들어왔는지 마라토너가 현관에 서 있었다. 할머니가 묻자 마라토너는 이제 막 전류가 흐르기 시작한 사이보그처럼 어색하게 말했다.

"요 앞을 지나는데…… 총… 총소리가 나서…… 그리고 현관문도 열려 있길래…….."

할머니가 안으로 들어오라고 손짓하자 마라토너가 주방으로 들어서면서 말했다,

"저자 알아요."

"누구?"

미농 씨가 마라토너를 향해 되물었다.

"방 안에…… 있던 사람. 우리나라 사람 아니고, 우즈베크 사람

인가 그래요."

"우즈베크?"

"우리 게하에서 며칠 지냈어요."

"언제?"

"지난주요. 그저께 나갔어요."

"그랬구면."

"이 근처 게하를 돌아다니면서 지내는 사람인 줄 알았어요."

"가끔 그런 사람들 있어요."

미농 씨가 설명하듯이 말하면서 의자에 털썩 앉았다. 미농 씨는 양손에 권총 두 자루를 쥐고 있었는데, 얼마나 힘을 주고 있는지 손등에 힘줄이 낱낱이 불거져 있었다.

고모가 미농 씨 앞에 손을 내밀었다. 미농 씨는 총 두 자루를 고모 손에 올려놓았다. 고모가 감싸 쥐듯이 총 두 자루를 받아 들고 무심히 내려다보았다. 잠시 총을 바라보던 고모가 마침내 고개를 들었다.

"다들 내실로 들어가요. 별일 없을 테니까."

그때 장기 투숙자 객실 문이 열렸다. 장기 투숙자가 앞서고 낯선 자가 뒤따라 나왔다. 장기 투숙자가 팔을 뻗어 낯선 자가 지나가도록 길을 잡아 주었다. 낯선 자는 자기 방 쪽으로 걸어가면서 우리를 향해 고개를 약간 숙였다. 소동을 일으켜 미안하다는 뜻인

3장

지
금
이
순
간
의
도
미
밥

물건을 빼앗으려고 제삼자와 작당을 꾸몄을지도 모른다고 의심했다. 그리고 바로 그 이유 때문에 그는 총을 꺼내 위협했다.

그가 총을 꺼내자 낯선 자 역시 총을 들었다. 장기 투숙자는 자신의 총은 장전되지 않았지만 낯선 자의 총은 장전되어 있다는 사실을 알았다. 그뿐 아니라, 낯선 자가 자신보다 절박하다는 것도 알았다.

탕.

낯선 자가 먼저 천장에 대고 방아쇠를 당겼다. 낯선 자는 시간을 끌고 싶어 하지 않았다. 물건값을 받고 서둘러 이곳을 떠나려 했다. 하지만 장기 투숙자 역시 총을 겨누고 있었으므로 그의 바람대로 되지 않았다.

두 사람은 마주 서서 서로에게 총을 겨눈 채 짧은 대화를 주고받았다. 그 대화로 낯선 자가 중간 상인으로부터 사기당한 금액을 보상받으러 온 이국의 사람이라는 것을 알게 되었다. 낯선 자는 자기 집안의 운명을 걸고 손해를 만회해야 할 책임을 지고 있었다. 그들도 장기 투숙자 역시 피해자라는 사실을 알고 있을 것이다. 하지만 그들은 떼인 금액을 복구해야 했고, 그러기 위해 어디로 숨었는지 모르는 사기꾼을 찾기보다 장기 투숙자에게서 돈을 받아 내는 쪽을 택했다. 장기 투숙자는 결국 짐 속에 숨겨 두었던 현금과 금괴를 낯선 자에게 내주었다. 그렇게 하지 않으면 낯선 자는 계속 장기 투숙자의 뒤를 쫓을 것이었다. 그들 각자가 처한 상황으로 볼 때

결백을 밝히려 애쓰는 것은 도리어 어리석은 일이었다. 오직 정확한 계산으로만 관계를 회복할 수 있었다. 장기 투숙자는 억울함을 토로하지 않았다. 때로는 치르지 않아도 되는 값을 치러야 했다.

장기 투숙자는 현금을 내준 대신 낯선 자가 속한 지역 사람들과 이전과는 다른 관계를 맺게 될 것이라고 했다. 그것은 자신처럼 국적이나 인종에 상관없이 떠도는 개인들 사이에 유지되는 미세한 신뢰라고 했다.

장기 투숙자는 운이 닿는다면 그들을 통해 P의 소식을 알게 될지도 모른다는 기대를 품었다.

2.

고모는 오래된 과거와 먼 미래의 문을 동시에 열기라도 하듯 조심스럽게 이야기를 꺼냈다.

호텔에 근무할 시절 고모는 동료들과 함께 근처 바닷가에 가곤 했다. 관광 단지에 있는 호텔에서 얼마 떨어지지 않은 포구였다.

P와 고모, 그리고 L은 각기 다른 부서에서 근무하고 있었는데, 일부러 휴가 날짜를 맞춰 잡곤 했다. 함께 포구에 가는 날을 계획하고 기다리면서 보내는 시간이 즐거웠다고 했다. 셋은 그 호텔 직원으로 만나기 전까지는 각기 다른 도시에서 살아왔지만 셋 다 경주를 좋아했다. 휴일이 되면 셋은 경주를 마치 탐험이라도 하는 것

나중에는 물류업을 하게 되었는데, 컨테이너에 불법적인 물건을 숨겨 들여오다가 적발되었다. 결국 그 일로 기소되어 전 재산을 변호사한테 주고 국외로 도망쳤다는 소식을 나중에 들었다. 그런 후에 P의 오빠 지인이 다른 무역 회사를 내고 국외로 도망친 그와 거래하고 있었다.

기라 고모가 여행사 일을 그만두고 그 회사 일에 관여하게 된 건 그 무렵이었다. 고모는 돈을 조금 투자하고 동업자 지위로 그 회사에 들어갔다. 고모는 무역 일을 배울 생각이었다. 무역 일을 배워서 생활에 필요한 이런저런 물건들을 수입하거나 수출하면서 살아갈 계획이었다. 여행사 일을 그만두면서 새로 직장을 구하기 힘들다는 사실을 알게 된 게 고모가 무역 일에 발을 들인 이유이기도 했다.

"지금 와서 생각해 보면 당시의 나는, 우리는, 좀 위험한 상태였지."

고모는 적당한 단어가 생각나지 않는 사람처럼 위험이라는 말을 입 밖에 꺼내면서도 그 말을 의심했다.

세 사람이 호텔 일에 대단한 포부가 있었던 건 아니었다. 호텔에서 승진을 계속해 임원급까지 올라가리라는 생각은 애초에 없었지만, 정성을 쏟았던 공간에서 졸지에 쫓겨나게 된 일에 타격을 입은 건 확실했다. 그래서 여행사 일에 각기 매달려 안간힘을 썼다. 당시 호텔을 그만둔 뒤 여유를 가지고 천천히 생각해 볼 수도 있었지만 그렇게 되질 않았다고 했다. 몸과 정신이 위험을 감지하고 급하게 앞으로 나아가려 했는데 멈추는 법을 몰랐다. 어쩌면 반발이었을지도 모른다고 했다. 세 사람은 이 세상의 규칙을 지키면서 성실하게 살아왔는데 결국 그런 결말을 맞았다는 것에 심리적 반발이 있었고, 그것을 현실에 표출하고 있던 것이다. 그런 와중에 P가 부당한 부탁을 해 왔고, 고모는 그것이 위험한 일인 줄 알면서도 거절하지 않았다.

고모는 조심스럽게 말했다.

"우리들 중 P의 상황이 가장 나빴지."

P는 결혼할 상대와 함께 시작한 여행사 대리점을 접어야 했는데, 그 일로 P와 그 상대의 모든 것이 날아갈 위기에 처해 있었다. 그런데 고모가 P의 부탁을 들어주면 P의 사정이 약간이나마 달라질 수 있었다. 고모는 P 역시 오빠의 부탁을 받았을 거라고 생각했다. P 혼자서 밀수품을 들여오는 일을 하는 건 불가능했다. P는 중간 연락책 정도를 맡았을 거라고 여겼다. 고모는 P가 몰래 들여오려는 물건이 뭔지 정확하게는 몰랐다. 막연하게 짐작만 했을 뿐이었다. 그리고 그게 잘못되자 고모가 책임을 져야 했다.

P는 돌아오지 않았다. 아니, 돌아올 수 없었다. 돌아오면 공항에서 바로 체포될 거였다.

"그래서 사라지는 방법을 선택했을 거야. P가 결혼하려던 상대를 속인 건 그를 끌어들이지 않으려는 수였어. 아무것도 몰라야 완벽하게 무죄일 수 있으니까."

고모가 장기 투숙자 쪽으로 고개를 돌리면서 중얼거렸다.

타격을 입은 사람들, 안전하다고 생각한 곳에서 내쫓긴 사람들, 궁지에 몰린 사람들, 그래서 실망한 사람들은 위험해지기 마련이다. 그때의 세 사람처럼. 위험해진 상태에서는 아무것도 파악하지 못한다. 긴 시간 험한 일을 숱하게 겪고 난 뒤에야 겨우 자신이 어떤 상태에 있었는지 되새겨 볼 여유가 생긴다. 고모의 경우는 교도소 안에 있을 때 그랬다고 한다.

교도소는 극도로 위험해진 사람들을 격리하는 곳이라고 고모는 말했다. 그런 사람들 사이에 섞여서 고모는 가까스로 자신의 처지를 인정하게 되었다. 스스로에게 실망했고, 그래서 자신이 위험한 사람이 되었다는 것을 알게 되었다.

다행히 고모한테는 '우경 씨'가 있었다. 고모가 가진 것들을 지켜주는 사람이 있어서 출소한 후에 게스트하우스를 열 생각을 할 수 있었다.

고모도 아직 P의 소식을 모른다고 했다. L은 어쩌면 알 수도 있지만 말하지 않으니 모르는 거라고 생각했다. 고모와 L은 서로 짐작만 할 뿐 그의 소식은 서로 묻지 않았다.

하지만 언젠가 P가 돌아올 날을 기다리고 있다고 했다. P가 돌아온다 해도 다시 예전으로 돌아갈 수 없다는 것을 알지만 그래도 P를 기다린다고 했다.

"우리는 많이 늙었고, 세상 역시 이전과는 달라졌지."

고모는 중얼거렸다.

고모는 마지막으로 한 가지 이야기를 더 꺼내 놓았다. 고모와 P, 그리고 L이 함께 보낸 어느 날의 이야기였다.

고모는 그날을 또렷하게 기억했다. 세 사람이 마지막으로 그 포구에 갔던 날이었다. 여름이 막 지나간 바다는 한산했다. 세 사람은 직업상 사람들이 없는 시간에 움직이기는 하지만 그날은 더욱 한가했다. 포구의 식당 앞에 놓인 수조와 붉은 고무 통 안에서 물고기들이 헤엄치는 소리가 들릴 정도로 조용한 날이었다. 먼 바람과 가까운 파도 소리만 온 세상 속으로 투명하게 흩어졌다. 세 사람은 전에 자주 들른 횟집에서 수조에 있는 물고기를 몇 마리 사기로 했다. 세 사람은 값을 치른 물고기 세 마리를 비닐봉지에 담아 바닷가로 나갔다. 문무 대왕 수중릉이 마주 보이는 해안가였다.

그날 해안가에는 한 무리의 사람들이 모여 있었다. 사람들은 여러 개의 양동이에 실어 온 물고기들을 바다에 풀어 주는 행사를 하고 있었다. 조용한 가운데 승합차를 중심으로 사람들이 모여 서고, 악기 소리가 흘러나오기 시작했다.

"호른이야."

P가 중얼거렸다. 호른을 품에 안고 부는 사람 주위로 다른 사람들이 다가섰다. 바람 소리 같은 호른 소리를 듣는 사람들은 각자 나름대로 고요히, 그러나 무겁지 않은 태도로 서서 호른에서 흘러

나오는 소리를 들었다.

그런데 그 호른 연주는 주변에 모여 선 사람들을 위한 게 아니었다. 부드럽고 깊은 호른 소리는 이제 바다로 돌아갈 물고기들을 위한 거였다. 그들은 물고기를 위해 연주하고, 물고기가 듣는 것을 방해하지 않기 위해 조용히 움직였다. 호른에서 흘러나온 소리가 파도 속으로 흘러 들어갔다.

호른 연주가 계속되는 가운데 몇몇 사람들이 양동이를 들고 겹겹이 밀려오는 파도 안으로 걸어 들어갔다. 바닷물이 종아리까지 오르는 곳에 멈춰 서서 양동이에 든 물고기들을 쏟아 넣었다. 파도 소리와 호른 연주가 뒤섞였다. 길고 깊은 호른의 울렁임을 따라 물고기들이 길을 잡아 나아가는 것만 같았다.

물고기를 바다에 풀어 준 후에도 호른 연주는 한동안 계속되었다. 사람들이 모두 승합차에 오른 뒤 호른 연주자도 연주를 마치고 승합차 쪽으로 걸어갔다. 연주자가 걸어가면서 고모 일행을 향해 허리를 굽혀 인사했다.

사람들이 떠나고 난 뒤 고모와 P와 L은 물고기를 바다에 넣어 주었다. 그리고 검은 자갈이 깔린 해안에서 어두워질 때까지 시간을 보내다가 돌아왔다.

그 일은 별다른 일도 아니었다. 방생하기 위해 물고기나 자라를 사서 놓아주는 사람들은 많았다. 그날 바다에서 본 사람들 역시 그런 사람들이었다. 고모와 P와 L도 그런 일을 한 것뿐이었다. 하지만 그날 세 사람은 다른 날과는 다른 뭔가를 막연하게 가슴에 품었다. 이 세상의 어느 구석에선가 이런 일이 조용히 이어지고 있었다. 이런 일이 이어지고 있다는 것. 그 외에는 중요한 일이 별로 없을 것이다.

"그건 뭐랄까, 우리가 실망이나 희망만으로는 설명되지 않는다는 것. 그러니까 우리 인생이 희망이나 실망 같은 말로 설명될 간단한 무엇이 아니라, 그런 것을 넘어선다는 막연한 느낌 같은 거였어."

고모가 탁자 위에 놓인 자신의 두 손바닥을 가만히 내려다보고 있었다. 고모가 펼쳐진 손바닥을 여전히 내려다보면서 중얼거렸다.

"만일 P가 사마르칸트 어느 사막에서 총구를 입에 넣고 방아쇠를 당겼다 해도 여전히 P를 기다리고 있어."

장기 투숙자가 텅 빈 고모의 손바닥을 함께 내려다보았다.

3.

그날 밤 긴 저녁이 끝나고 마라토너는 이스탄불 게하로 돌아가고 2층 5호 손님은 자신의 객실로, 미농 씨와 나는 다락으로 올라왔다. 식당에 남은 할머니와 고모와 장기 투숙자가 어떤 이야기를 더 주고받았는지는 모른다. 아마도 어른들끼리 해야 할 이야기를 했을 것이다.

미농 씨는 잠든 봄이 옆에, 나는 내 매트 위에 조용히 누웠다. 서서히 약해지고 있기는 하지만 아직 다 가시지 않은 흥분 속에서 잠들지 못하고 있었다.

미농 씨가 양손을 높이 들어 올렸다. 어두운 허공에 떠 있는 자기 손바닥을 올려다보았다. 내가 물었다.

"뭐 해요?"

"뭘 봤던 걸까."

"고모 말이에요?"

"응."

나도 팔을 뻗어 올리고 허공에 떠 있는 흰 손바닥을 올려다보았다.

"뭐 보여요?"

내가 묻자 미농 씨가 답했다.

"아니."

"그런데 뭘 그렇게 봐요?"

"그러는 너는?"

"아무것도 안 보여요."

"전에 우리 제빵 선생님이 이런 말을 한 적이 있어. 밀가루 반죽이 잔뜩 묻은 손바닥을 보면서 말이야. 손바닥이 텅 빈 듯 보이지만 이 텅 빈 손바닥 안에는 한없는 무엇이 가득하다고 했거든. 기라 씨도 그걸 알고 있는 게 아닐까, 그런 생각이 들어서."

미농 씨는 고모가 친구나 되는 듯이 말했다.

우리는 허공에 올려 두었던 손바닥을 내리고 조용히 숨을 쉬었다. 내가 물었다.

"무섭지 않았어요?"

"뭐가?"

"아까 총 빼앗을 때요."

"무서워 죽을 뻔했어."

"그러면서 왜 그랬어요."

"말릴 새도 없이 몸이 먼저 나가 버렸어."

"위험할 때마다 몸이 먼저 움직이면 어떡해요?"

나는 정말로 걱정을 담아 말했다. 미농 씨가 낮게 중얼거렸다.

"경호원이 되려고 한 적이 있었어. 그때 습관이 남아 있나 봐."

"왜 경호원이 되고 싶었어요?"

"글쎄."

"지키고 싶은 사람이 있었어요?"

"아니."

"그럼요?"

"그냥 직업으로. 대단한 의미가 있어서가 아니라, 그냥 경호원이라는 직업을 가지고 싶던 때가 있었어."

도 있었다. 문득 그런 생각이 든 어느 날 엄마한테 문자를 보냈다.

—뭐 해?

—잘 있지?

엄마의 답이 금방 날아왔다. 나는 숨을 한 번 크게 쉰 다음 이런 말을 보냈다.

—아버지 돌아가신 거 엄마는 아무 잘못도 없어.

이번에는 금방 답이 오지 않았다. 조금 시간이 지나 답이 왔다.

—알아.

나는 엄마가 죄책감을 느끼는 줄 알았는데 의외로 단순하고 명쾌한 답이었다. 엄마가 보낸 답을 들여다보는 사이 엄마한테서 문자가 다시 날아들었다.

—그런데 책임은 있지.

—아빠 심장에 엄마가 무슨 책임이 있어.

—있어.

—엄마가 멈추게 한 게 아닌데 왜 그렇게 생각해.

—사랑하는 사람이니까.

엄마가 보낸 그 문자를 한참 들여다보다가 나는 휴대폰 위에 엎드렸다. 그렇게 한동안 그 문자를 품었다. 엄마가 보낸 말이 난생처음 들어 보는 말인 것처럼. 소중한 알이라도 되는 것처럼 그 문자를 품고 엎드려 있었다.

얼마나 시간이 지났는지 몰랐다. 나는 품에 있던 휴대폰을 꺼내 엄마한테 다시 문자를 보냈다.

—우리 다시는 예전으로 돌아갈 수 없는 거지?

답이 날아오지 않았다. 나는 엄마가 어떤 답을 내놓을지 기다렸다. 엄마를 궁지에 빠뜨려 놓고 어떻게 나오는지 보는 기분이 들었다.

—똑같은 예전으로는 돌아갈 수 없겠지. 돌아가서도 안 되고. 그렇다고 그때가 아주 없어지는 건 아니야.

—그럼?

—어딘가 다른 시공간에 존재하고 있는 것 같거든. 나도 너처럼 어렸을 때 일을 생생하게 떠올릴 때가 있어. 어딘가에 남아 있지 않다면 그토록 생생하지 못하겠지.

—그때로 돌아가고 싶어?

—그건 아냐. 너도 여기 있고. 지금 나한테 소중한 건 이 시공간 에 있으니까.

—지금 이 시공간이 지나고 나면?

—그건 그때 가서 생각하면 되지.

—그때 가서?

—응.

그때 가서 생각해 본다는 엄마의 답이 어쩐지 내 마음을 자유롭게 했다. 집착에서 손을 떼도 두렵지 않다는 생각이 들었다. 나는 매달려 있던 절벽에서 가만히 손을 떼는 기분으로 물었다.

―엄마는 자신이 어른이라고 생각해?

―그건 왜?

―어른이 되면 뭐가 좀 달라지나 해서.

엄마의 답은 생각보다 빨리 왔다.

―어른이라고 별로 다르지 않아.

―그래도 아이하고 좀 달라야 어른 아니야?

―다른 게 있다면 선택에 대한 책임을 지는 정도일 거야.

―선택한 건 전부 책임져야 하는 거지?

―응.

―내가 여기 사는 걸 선택하면, 그 선택은 내가 책임져야 하는
  거고.

―그래.

―내가 엄마한테 가는 걸 선택하면 그것도 내가 책임져야 하는
  거지?

―그래.

나는 엄마가 보낸 답을 잠시 내려다보았다. 그리고 휴대폰 저편
에 있을 엄마 얼굴을 떠올렸다. '그래'는 더없이 단호해 보였다. 그
단호함에는 엄마가 감당하려는 책임 또한 들어 있을 것이다.

6.

미농 씨는 마지막 근무 날 커다란 식빵 한 덩어리를 들고 왔다. 직접 만든 식빵이라고 했는데, 향긋한 빵 냄새가 이만저만 좋은 게 아니었다. 미농 씨의 어깨 힘이 물씬 들어간 빵에 가만히 코를 대고 있다가 문득 불러 보았다.

"미농 씨."

"왜?"

"이제 빵 가게 차려도 되겠어요."

"아직 아니야."

"왜요?"

"이번 건 여태 한 것 중에서 가장 잘된 거니까."

"그러니까 가게 차려도 되잖아요."

"어쩌다 한 번이 아니라, 항상 잘 될 때에야 자기 가게를 낼 수 있는 거라고. 눈을 감고 해도, 딴생각을 하면서 해도, 실수를 하더라도 항상 같은 맛을 내야만 가게를 낼 자격이 생기거든."

"제빵사 자격증이 그런 의미였어요?"

"자격증에 숨어 있는 자격이지."

"그렇게나 힘든 거예요?"

"내가 존경하는 선생님이 그렇게 가르치셨어. 빵 맛을 늘 일정하게 낼 수만 있다면 노점에 나가서 팔아도 팔리는 건 아무 문제도 없다고 하셨어. 나한테 그런 선생님이 있어."

미농 씨가 나를 똑바로 쳐다보았다. 미농 씨는 그 어떤 순간보다 근사해 보였다. 그런 선생님을 가졌다는 게 보이지 않는 힘을 주는 것만 같았다.

"그럼 언제쯤 빵 가게 낼 생각이에요?"

"두고 봐야지."

"뭘 두고 봐요?"

"내가 어떻게 어디까지 해 나가는지 좀 더 두고 봐야지."

"자기 자신을 지켜본단 말이에요?"

"너는 자기 자신을 지켜본 적 없어?"

미농 씨가 물었다. 나는 나 자신을 지켜본다는 느낌을 알 수 없었다. 내가 어떻게 해 나가고 있는지 두고 본다는 생각을 해 본 적이 없었기 때문에 나는 아무 말도 못 하고 있었다.

"전에 수영장에서 근무할 때였어. 그때 나는 곤란한 상황에 처하게 된 나를 그냥 내버려 두었어. 정확하게 무슨 이유 때문인지는 모르겠지만 주변의 거의 모든 사람들이 나를 적대시한다는 사실을 알았지. 그게 누군가가 시작한 험담 때문일 수도 있고, 계획적으로 나를 밀어내려 한 자가 있었을 수도 있고, 아니면 내가 한 실수가 빌미가 돼서 나를 곤경에 빠뜨렸을 수도 있었겠지. 나는 한동안 혼자 지내다시피 했어. 아무도 나와 말을 섞으려 들지 않았으니까. 그런데 문제는 그때 내가 그런 나를 그냥 내버려 두었다는 거야. 나는 내가 사람들한테 무시당하도록, 그래서 수영장을 그만둬야 할 상황으로 내몰리도록 내버려 둔 거야. 그래서는 안 되는 거였어. 내가 스스로 그곳에서 빠져나오거나, 싸우거나 해야 했지. 그런데 나는 아무것도 하지 않은 채로, 어느 날 시간표에서 내 라인이 없어질 때까지 있었던 거야."

나는 아주 조심스럽게 숨을 쉬면서 미농 씨 쪽을 바라보았다. 그러자 미농 씨가 큰 비밀이라도 알려주는 듯이 낮게 읊조렸다.

"이제는 예전에 그랬던 것처럼 나를 내버려 두지 않으려고. 내가 나를 잘 지켜보려는 거지. 나 자신이 내가 가장 두려워하는 사람이 되어서 나를 지켜봐 주는 거야. 되풀이되지 않도록."

"되풀이되지 않도록?"

"응."

"미농 씨."

나는 그 이름을 먼 옛날부터 알고 지낸 것처럼 불러 보았다. 그러자 미농 씨 역시 나처럼 대답했다.

"응."

"미농 씨는, 돌아가고 싶은 과거는 없어요?"

미농 씨는 잠시 골똘했다. 그리고 이렇게 말했다.

"없어."

"없어요?"

"아직은."

"그럼 언젠가는 생길까요?"

"이제 만들어야지."

미농 씨가 예전에 어떻게 살아왔는지는 잘 모른다. 돌아가고 싶은 과거가 없는 사람의 지난 시간이 어땠는지 짐작만 할 뿐이었다. 하지만 이전의 일이 미농 씨를 더 이상 괴롭히지 못한다는 사실은 알 수 있었다.

미농 씨는 빵 봉지를 당기더니 온몸으로 끌어안다시피 향기를 들이마셨다. 그리고 빵 봉지를 내 앞으로 밀었다. 나도 미농 씨처럼 빵 봉지를 끌어안고 향기를 들이마셨다. 빵 냄새가 그렇게 좋을 수 없었다.

*

교토에서 왔다는 여자 셋, 남자 둘이 왔다. 고모에 의하면 Q를 찾는 외국인 여행객은 대부분 일본인과 중국인이라는데, 일본인은 친구끼리, 중국인은 가족끼리 오는 경우가 많다고 했다.

그날 들어온 일본인들은 부산과 서울을 거쳐 베이징으로 가는 길이라고 했는데, Q에서 2박 3일을 보냈다. 그 사흘 동안 그들이 한 일이라고는 조식을 먹고 객실로 들어갔다가, 저녁에 모여 상가에 다녀오는 게 다였다.

7.

다락에서 혼자 고요히 있으면 이런저런 소리가 들린다. 세상의 소리들, 낮의 소리들, 그리고 밤이면 들리는 소리들. 그 소리들 속에는 마라토너의 발소리도 있었다. 어느 날 나는 마라토너가 더 이상 괴상한 소리를 내면서 달리지 않는다는 것을 알았다. 생각해 보니 마라토너가 고함을 지르지 않은 지 좀 된 것 같았다.

마라토너에 대해서라면 할머니한테 물어보면 되었다.

할머니가 다락에 잠자리를 편 날이 있었다. 할머니는 차렵이불을 한껏 펼쳐 올렸다가 매트에 내려 앉혔다. 네 귀퉁이를 매트 아래 접어 넣고 이불을 정돈하는 할머니한테 물었다.

"요즘 마라토너가 안 보이는 것 같아요."

"그래?"

"할머니는 봤어요?"

"봤지. 아까 저녁에도 뛰던걸."

"요즘은 밭일 같이 안 해요?"

"할 일이 없어."

"할머니는 매일 밭에 가시잖아요."

"가도 할 일은 없어. 가서 구경이나 하다 오는 거지 뭐."

"뭘 구경해요?"

"세상."

"밭에서요?"

"그렇지."

"거기에 세상이 있어요?"

"아무렴."

"어떤 세상이요?"

"세상 이치."

"이치요?"

"나고 죽는 이치."

"……."

"옛날에 우리 아들도 다락방 좋아했지. 걔가 혼자 다락에 올라가 문을 잠그고 잠들어 버린 걸 찾느라고 법석을 떨었던 적이 있어. 그때가 열두 살이었나 그랬어."

할머니가 젊은 우경 씨로 돌아가 말하고 있었다. 할머니는 전에도 다락방이 있던 집 이야기를 한 적이 있었다. 그 집은 할머니와 할아버지가 결혼 후 처음 마련한 집이었다고 들었다. 그 집에 들어갈 때 아버지와 큰고모는 어렸었고, 기라 고모는 그 집에서 태어났다. 그리고 그 집에서 아버지가 결혼했고, 언니와 내가 태어났다. 할머니나 고모가 그 집 이야기를 할 때면 먼 옛날의 전설 이야기를 듣는 기분일 때도 있었다.

어느 휴일 한낮에 어린 아버지가 두 여동생을 데리고 숨바꼭질을 하다가 다락에 올라가 문을 걸어 잠갔을 것이다. 어린 아버지는 다락에 흩어진 책들을 뒤적거리면서 엎드려 있다가 잠이 들었을 것이다. 두 여동생은 오빠를 찾을 수 없어 울음을 터뜨렸을 것이다. 그렇게 해서 온 식구가 어린 아버지를 찾아 나서게 되었을 것이다. 어쩌면 할머니는 아버지가 다락에 숨은 것을 알면서도 일부러 찾지 않았는지도 몰랐다. 내가 물었다.

"다락에 있는 거 몰랐어요?"

할머니가 가볍게 숨을 뱉어 내고 잠시 있다가 말했다.

"알았지."

"그런데 왜 빨리 찾지 않았어요."

"재미있으라고."

"일부러요?"

"응. 재미가 있어야 뭐든 재밌지."

할머니가 젊은 우경 씨처럼 후후 웃으면서 내 쪽으로 돌아누웠다.

"우리 아들도 다락을 참 좋아했는데. 너도 다락을 좋아하는구나."

할머니가 중얼거리면서 다시 돌아누웠다.

"너도 다락을 좋아해."

아버지가 죽은 일을 세상 누구보다 안타까워하고, 또 이 세상 누구보다 아버지를 그리워하는 사람이 할머니였다. 그걸 그날에서야 생각했다.

"그런데 밭에 뭘 심은 거예요?"

나는 할머니 등을 한참 바라보다가 물었다.

"해바라기."

여전히 돌아누운 채 할머니가 대답했다.

"해바라기만요?"

"응. 그런데 씨를 맺지는 못하지. 씨를 늦게 뿌렸으니. 그래도 꽃
이나 좀 보면 좋지."

"그럴 걸 왜 심어요."

나는 고모처럼 말했다. 우경 씨는 답하지 않았다.

할머니 말대로 해바라기는 씨앗을 맺을 수 있을 만큼 자라지 못
했다. 그 대신 키 작은 해바라기는 할머니 밭 전체를 노란 꽃으로
뒤덮었다. 어느 휴일 늦은 오후에 할머니를 찾으러 밭에 갔었다.
노랗게 펼쳐진 할머니의 해바라기밭 앞에서 사진을 찍는 낯선 여
행객들이 있었다. 그리고 밭 어귀 어디쯤에서 풀을 뽑던 할머니와
멀리서 뛰어오던 마라토너가 해바라기밭 앞에서 서로 손을 흔들
며 인사했다.

그 해바라기밭은 곧 사라졌다. 공사가 시작되었기 때문이다. 해
바라기들은 모두 갈아엎어졌다. 하지만 할머니는 별로 섭섭해하
지 않는 것 같았다. 여전히 할머니는 매일 그 앞을 지나다녔고, 가
끔 이렇게 중얼거렸다.

"그만하면 되었어."

"그만하면 된 거지."

더 많은 시간이 흐른 후에 나는 그 말이 할머니의 어린 아들한
테 해 주는 말이라는 것을 짐작하게 되었다.

8.

방학이 끝나가고 있었다. Q에 살지, 원룸으로 돌아갈지 선택해야 했다. 하지만 그건 쉬운 일이 아니었다. 마음으로는 정했다 하더라도 막상 선택하는 일은 좀 다른 문제였다. 나는 이러지도 저러지도 못하고 혼자 애를 쓰고 있었다.

어느 날 할머니는 내게 도미밥을 직접 지어보라고 권했다.
"눈에 익숙한 것과 손에 익숙한 것은 다르다."
고모는 할머니 말에 반대했다.
"방학 동안 잠시 거드는 일일 뿐이에요. 손에 익히게까지 하고 싶지 않아요."
그때 나는 이렇게 말했다.
"직접 지어 봐야겠어요."
고모와 할머니가 나를 빤히 쳐다보았다. 나는 두 사람의 시선을 피하지 않았다. 나는 또 이렇게 말했다.
"도미 손질하는 거부터 직접 해 볼래요."
위급한 순간에 생각보다 몸이 먼저 나갔다던 미농 씨처럼 그날의 나 역시 생각보다 먼저 선언이 나갔다.
도미를 손질하려면 우선 마트에서 도미를 받아 와야 했다.
"방학 끝나면 얼굴 자주 못 보겠네."

생선 코너 아저씨가 빙글빙글 웃으면서 말했다. 아줌마 역시 웃는 건 마찬가지였다. 나는 잘못 대답했다가 또 웃음거리가 될까 봐 짧게 답했다.

"네."

"정성이 학생 도미 잡아 봤어?"

"네?"

아줌마가 아저씨 말을 해석해 주었다.

"도미 손질해 봤냐는 말이지."

나는 아무 대답도 하지 않고 서 있었다. 고모한테 무슨 이야기를 들은 걸까, 아저씨가 넘겨짚는 걸까. 함부로 대답했다가 또 어떤 창피를 당할지 몰랐다. 아저씨가 나를 힐끔 보더니 다시 말했다.

"오늘처럼 이렇게 큰 놈은 기라 씨도 손질하기 힘들 거야."

대답은 아줌마가 대신했다.

"쉽지 않을 거 같네."

아저씨가 다시 물었다.

"정성이 학생은 이놈처럼 커다란 물고기 만져나 본 적은 있고?"

"있어요."

나는 아주 오래전 아버지를 따라 낚시터에 갔던 일을 떠올리면서 답했다. 그때 물고기를 손으로 만져 본 것은 아니지만 아주 가까이에서 보기는 봤었다.

"물고기 손질할 때 기본이 뭔지는 알지?"

"네?"

"몰러?"

"네."

"알려 줄까?"

"네."

"물고기 손질할 때 칼 쓰지?"

"그건 알아요."

"그런데 말이여, 칼보다 먼저 써야 할 게 있어."

"네?"

"심장."

"심장요?"

"마음 말이여."

"마음을 어떻게 써요?"

"이 물고기들을 좀 봐. 이런 놈들이 바다에 있으면 얼마나 쌩쌩
했겠어. 이런 놈들을 우리가 밥상에 올리려면 말이야, 먼저 마음을
써야 하는 거지. 미안한 마음을 써야 한단 말이여. 함부로 다루지
말고, 미안해서 조심히 잘 다뤄야 한다고."

"어차피 먹는 건 같잖아요."

"그렇지. 어차피 먹으려고 잡는 거지. 그런데 우리처럼 살아 있
던 삶이잖어! 그래서 '어차피'에 마음이 꼭 들어가야 하는 거여."

"아저씨는 이 많은 생선을 손질할 때마다 마음을 쓰세요?"

순간 나는 내 입을 막고 싶었지만 이미 그 말은 입 밖으로 나온 뒤였다. 아저씨는 내가 뾰족하게 나올 줄 알았다는 듯이 이렇게 말했다.

"쓴다마다, 쓴다마다. 그래도 나는 천국에 갈 생각은 포기한 사람이여!"

"네?"

"우리 어머니가 나를 가졌을 때 잉어 떼가 바위틈에 들락날락하는 걸 봤다는데, 내가 글쎄 생선 장사를 하잖어. 그러니 내가 천당 갈 생각은 접어야지, 안 그래?"

아줌마가 손등으로 아저씨를 툭 치면서 옆으로 밀었다. 아저씨가 밀리는 모습을 보면서 내가 답했다.

"아저씨 말대로 해 볼게요."

"저 봐. 말귀 알아들을 줄 알았다니까 그러네."

생선 진열대 앞에 서 있는 나를 건너다보던 아줌마가 말했다.

"오늘 거는 좀 묵직할 거야. 내일이 마트 쉬는 날이고, 모레는 사정이 어떨지 모르니까 한 삼 일 치 한꺼번에 보내는 거라."

"네."

그러자 아줌마가 아저씨와 눈을 맞추고 어깨를 한 번 들썩였다. 아저씨도 따라서 어깨를 한 번 들썩였다. 아줌마 흉내를 내는 아저씨를 보자 왠지 모르게 웃음이 났다. 그건 뭐랄까, 내가 뾰족하게 구는 게 조금 아이처럼 느껴졌는데 두 사람이 바로 그 점을 놀리는 것 같다는 생각이 들어서였다. 사실 마트 아저씨와 아줌마한테 뾰족하게 굴 이유는 전혀 없었다. 미소를 띠고 나를 건너다보던 아줌마가 말했다.

"기라 씨한테 안부 전하고."

"네, 고모도 인사 전하랬어요."

"옆구리 찔러 인사받네."

나 들으라고 일부러 장난스럽게 소리를 높이는 두 사람을 뒤로 하고 계산대 쪽으로 걸었다. 아줌마가 말한 대로 포장용 얼음을 감안하더라도 아이스박스는 여느 때보다 묵직했다. 묵직한 도미 상자를 바싹 당겨 안고 걸었다.

고모와 할머니가 지켜보는 가운데 나는 칼을 잡았다. 한 손으로 도미 몸통을 누르고 다른 손에 쥔 칼로 도미 살을 떠내야 했다. 생선 뼈가 드러나도록 발라낸 살을 알맞은 크기로 나누고, 잘라 낸 도미 살에 앞뒤로 소금을 듬뿍 뿌린 다음 적당히 털어 낸다. 그런 다음에 채반에 가지런히 널어 두면 되었다.

그날 도미는 다른 날보다 더 크고 두툼했기 때문에 적당한 크기를 가늠하기 힘들었다. 결국 고모가 칼을 잡은 내 손을 감싸 쥐고 잘라 낼 크기를 조절해 가면서 칼에 힘을 실었다. 고모의 손힘이 내 손에 고스란히 느껴졌다. 고모의 손힘은 드셌는데, 막상 도미에 전해지는 힘은 부드러웠다. 눈으로 보는 것과는 다른 힘이 들어가는 것 같았다.

생선 코너 아저씨가 도미를 대할 때 마음을 써야 한다는 말을 했다고 하자 고모는 슬며시 웃었다.

"마음이 없으면 그런 말 안 해 줘. 너한테 마음이 쓰이는 모양이다."

"어차피 먹을 건 마찬가지잖아요."

나는 생선 코너 아저씨한테 했던 말을 고모한테도 했다. 고모는 별다른 동요 없이 약간 날카롭게 되물었다.

"어차피 죽을 건데 살아가는 우리는 어떻게 생각하니?"

나는 그 질문에 답할 수 없었다. 고모도 더는 묻지 않았다. 한껏 뿌린 소금을 거의 다 털어 내다시피 한 도미를 채반에 올리는 동안 고모와 나는 도미에만 집중했다. 잘라 낸 도미의 크기는 약간씩 달랐지만 무게는 비슷했다. 모든 조각이 비슷한 무게를 가지도록 조절하는 일에는 고모가 시간을 들여 깨우친 방식이 있을 것이다.

"고모."

"응."

"아침에 계속 도미밥 지을 거예요?"

"그래야지."

"언제까지요?"

"언제까지나."

"아침마다 이렇게 정성을 들이는 이유가 있나요?"

"이유?"

"네."

"잘 모르겠지만 아무래도 매일매일 정성껏 사는 게 더 재미있어서가 아닐까?"

"더, 요?"

"정성 없이 사는 것보다 더!"

"아!"

그날 내 손으로 전해지던 고모의 손힘은 내가 막연히 생각하던 느낌과는 달랐다. 부드럽고, 섬세한 손길과는 한참 거리가 먼 고모의 손은 예상치 못하게 거칠고 억셌다. 하지만 고모가 그 억센 손으로 내 손을 잡고 도미에 전하는 부드러운 힘을 나는 기억한다. 고모의 손힘이 내 손에서 팔로, 온몸으로, 전해지던 그 순간을. 그 순간에 나는 울고 있었다. 어쩌면 우경 씨도 기라 고모도 울고 있었을지 모른다. 하지만 슬픔을 감당한 후에 계속되는 날들은 그전과 다를 것이다.

에필로그

마지막으로 셋이 함께 놀러 갔던 날 이야기를 해야겠다. 그날 들어올 예약자는 없고 묵고 있는 투숙객도 없어서 Q가 텅 비는 날이었다. 오후 4시쯤 고모가 기지개를 펴면서 외쳤다.

"우리도 문 닫고 놀러 갈까?"

"어디로요?"

"온천 풀장."

우리는 삼십 분 만에 준비를 마치고 고모의 풍뎅이 차에 올라앉았다. 노란 풍뎅이 차를 타고 우리가 도착한 곳은 전에 고모와 둘이 점심을 먹으러 왔던 파라다이스 시티였다. 고모가 전에 말했던 온천 풀장이었다.

평일인 데다 늦은 오후여서인지 풀장은 거의 비어 있었다. 두세 사람이 물속에서 한가롭게 움직이고 있었고, 까만 수영복을 입은 여자가 낮게 매달린 공중 의자에 앉아서 주스를 빨고 있는 게 다였다. 갑자기 한 남자가 의욕적으로 수영을 시작하는가 싶더니 몇 미터 안 가 멈춰 섰다. 텅 빈 풀 한가운데 서서 길을 잃은 사람처럼 멍하게 있던 그는 멋쩍은 듯 경중경중 풀 밖으로 걸어 나왔다.

유리로 벽을 두른 야외 온천 풀도 한산하기는 마찬가지였다. 너무 한산해서 이곳이 지구의 한 장소가 맞는지 의심이 들기까지 했다. 어느새 저녁이 완연해진 하늘을 커다란 여객기 한 대가 가로지르고 있었다. 하늘에 분홍빛 노을이 깔리기 시작하자 서너 사람이 야외 풀장으로 나와 사진을 찍었다. 고모와 할머니와 나는 사람들이 사진 찍는 데 방해되지 않도록 실내 쪽으로 붙어 서서 끝없이 펼쳐진 저녁 하늘을 보았다.

어둠이 내려앉았다. 우리는 실내로 들어와 옷을 갈아입고 삼나무 향이 감도는 휴게실로 자리를 옮겼다. 목재 향이 가득한 삼나무 방 안에는 우리 셋뿐이었다. 삼나무 방 안에 앉아서 우리는 구운 달걀과 식혜를 펼쳐 놓고 먹었다. 조용한 가운데 시간이 조금씩 흐르고 있었다.

할머니가 덤불처럼 조용히 내 곁에 자리를 잡고 누웠다. 할머니가 눕자 고모도 할머니와 정수리를 맞대고 누웠다. 나도 두 사람과 머리를 맞대고 누웠다. 우리는 머리를 맞댄 채 꽃잎이 셋 달린 커다란 꽃송이처럼 세 방향으로 몸을 펼치고 누워 있었다.

"이만하면 좋다."

할머니가 낮게 중얼거렸다.

할머니 몸에서 흘러나온 목소리가 나비처럼 방 안을 날아다녔다. 나는 할머니의 말이 정확하게 무엇인지는 모른다. 그날의 짧은 휴가가 좋다는 것인지, Q에서 지내는 게 좋다는 것인지, 아니면 할머니 인생이 좋다는 것인지 알 수 없었다. 하지만 나비가 내 이마에 잠시 앉았을 때, 나는 우경 씨가 실망뿐인 시간 속에 있지 않다는 것은 알 수 있었다.

우리는 저녁이 되어서야 파라다이스 시티에서 나왔다. 다시 고모의 풍뎅이 차에 올라타고 차와 비행기와 사람들로 소란한 공항 터미널을 벗어났다. 멀리 보이던 면세점 창고 건물들을 지나, 곧이어 신도시 진입로로 들어서자 왠지 모르게 마음이 울렁거렸다. 어느새 이곳에 정이 들어 있었다.

게스트하우스 Q는 고요하게 엎드려 있었다. 어둑어둑한 마당 파라솔 아래 커다란 캐리어와 사람들이 앉아 있었다. 우리가 차에서 내리자 사람들이 일제히 일어서서 각자의 캐리어를 찾아 잡았다.

그 모습을 보는 순간 나는 이제 Q에서 살게 되리라는 것을 알았다. 아니, Q에서 살 것이라고 나 스스로 생각했다.

Q는 갑자기 왁자해졌다. 사람들이 모두 객실을 찾아 들어가고 나는 다락으로 올라왔다.

습관처럼 인터넷 강의부터 찾아 띄워 놓고 경사진 지붕에 비스듬하게 달린 창문을 밖으로 밀어 열었다. 나는 창에 매달려 밤하늘을 올려다보았다. 어둡기는 하지만 아주 깜깜하지는 않은 하늘이 펼쳐져 있었다.

"우리는 어쩌면 우주의 추억일지도 몰라."

오래전 고모가 했던 이야기를 떠올렸다. 할머니 과수원에서 함께했던 어느 날 고모가 한 말이었다. 지금 우리가 보는 별빛이 까마득히 먼 곳에서 온 거라면, 별빛은 그 별의 추억이라는 것이다. 저 빛이 이곳까지 오는 사이에 별은 이미 우주의 먼지로 사라져 버렸을 수도 있다. 하지만 한번 생겨난 빛은 사라지지 않고 먼 우주 공간을 건너 우리에게 도달한다. 그러니 지금 우리가 보는 별빛은 저 멀리 있는 어느 별의 추억이나 다름없다.

우리 역시 우주를 건너 저 멀리 있는 누군가한테는 어느 별의 추억일지 모른다. 우리가 살았던 시공간이, 우리의 삶이 빛이 되어 우주 공간을 날아간다면, 그리고 저 멀리서 우리를 보는 누군가가 있다면, 그는 우리의 추억을 보는 것이다. 우리가 살았던 별의 추억을. 그러니까 우리는 지금 별의 추억을 살고 있다.

10월에 장기 투숙자가 다시 왔다. 그는 삼 일을 묵었는데, 그처럼 짧은 기간 묵은 건 처음이라고 했다. 짧게 묵은 대신 이듬해 1월에는 한 달가량 Q에서 보냈는데, 그는 지난해 1월에도 Q에서 한 달 묵었다고 했다. 장기 투숙자가 말하기를 중앙아시아의 겨울 추위는 혹독하다고 했다. 운이 나쁘면 영하 40도에 달하는 공기 덩어리를 만나기도 한다는 것이다. 상상하기조차 힘든 찬 공기가 내려올 때는 거리의 새들조차 겁을 먹는데, 그럴 때는 교만해서는 안 된다고 했다. 세상에는 인간의 힘으로는 도저히 어떻게 할 수 없는 문제가 많고, 그런 추위 역시 그렇다. 그러니 언제나 겸허하게 자세를 낮춰야 한다고 했다.

장기 투숙자는 Q에 묵었다 갈 때면 어김없이 가방을 맡기고 떠난다. 장기 투숙자가 두고 간 가방 속에 아직도 총이 들어 있는지 궁금하다.

탕!

총성이 울렸던 날 밤에 장기 투숙자와 기라 고모가 들려준 이야기를 생각한다. 어른들의 이야기에는 슬픔이 배어 있기 마련이라는 것을 이제는 나도 안다. 어른이 되면 잔인하고도 슬픈 이야기들을 담담하게 말하는 법을 익히게 되는지도 모른다. 어른들의 이야기 속에서 나는 자라고, 언젠가는 아이들에게 이야기를 전해 주는 어른이 될 것이다. 그리고 그런 이야기가 없다면 이 별의 추억도 없으리라는 말도 잊지 않을 것이다. ■

작가의 말

   중요한 건 정성이의 마음이었다. 정성이가 마음을 붙일 수 있는 뭔가를 생각해 내야 했다. 물건일 수도 있었지만 내 마음속에 떠오른 건 호젓한 공간이었다. 실망한 마음을 안고 나무 계단을 한 칸씩 올라간 정성이 앞에 펼쳐진 낮고 조용한 다락. 경사진 지붕 아래 가만히 서서 울고 있는 정성이를 나는 물끄러미 바라보았다.

   창고와 다를 바 없는 다락에서 정성이는 생각할 것이다. 기라 고모와 할머니와 어머니와 아버지, 언니와 미농 씨를 생각할 것이다. 자신을 둘러싼 어른들의 이야기를 들을 것이다. 어른들 역시 실망한 마음을 안고 Q에 모여들었다는 것을 알게 될 것이다. 어른들의 이야기 속에서 정성이가 무엇을 발견했는지는 나도 모른다. 그것은 정성이의 마음속에 스며든 어떤 바람 같은 것일 테니까. 누구의 마음속에나 있지만 손으로 잡을 수 없는 바람 같은 것. 그것이 우리를 살아가게 하는 힘일 테니까.

지난봄, 쌀쌀한 어느 날 좁은 작업실에 모여 앉았던 사람들이 생각난다. 그리고 이사한 작업실에 다시 모여 앉았던 사람들이 생각난다. 나의 '정성이'를 소중하게 받아안아 준 그들과 창비의 여러분들에게 감사한다.

2020년 2월,
박영란

창비청소년문학 94

게스트하우스 Q

초판 1쇄 발행 • 2020년 2월 7일
초판 5쇄 발행 • 2023년 5월 18일

지은이 • 박영란
펴낸이 • 강일우
책임편집 • 김도연 김영선
조판 • 신혜원
펴낸곳 • (주)창비
등록 • 1986년 8월 5일 제85호
주소 • 10881 경기도 파주시 회동길 184
전화 • 031-955-3333
팩시밀리 • 영업 031-955-3399 편집 031-955-3400
홈페이지 • www.changbi.com
전자우편 • ya@changbi.com

ⓒ 박영란 2020
ISBN 978-89-364-5694-8 43810